シリーズ

あしたへ伝えたいこと

宮野英也 著
hideya miyano

子どもの文化研究所

〈ベトナムと紙芝居〉

ベトナムへ初めて行った1994年の紙芝居フェスティバル。30年にわたるベトナムとの交流では必ず紙芝居を演じた。

↓「紙芝居の集い」等大きなイベントで演じることも多かった。

↓県立図書館等の協力で県下各地を何十回と実演をし、紙芝居教室も行った。

●ベトナムと紙芝居交流in松山

2009年2月、念願だったベトナムとの紙芝居交流の集いを愛媛で開催する。

↓小学校で紙芝居を演じるリエンさん。御礼のあいさつをした子どもとリエンさん。

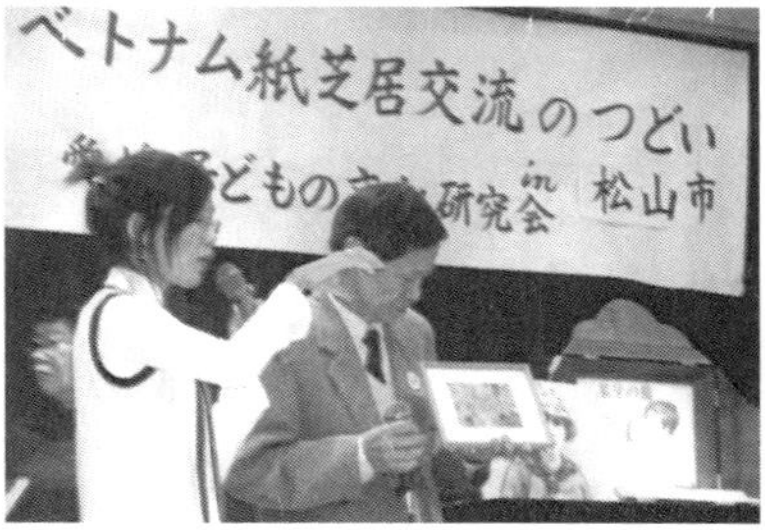

2015年には、病を押して、リエンさん夫妻を松山へお呼びして交流会を行った。この写真はリエンさんから届けられた。

●親友リエンさんからの弔辞（お悔やみの手紙）

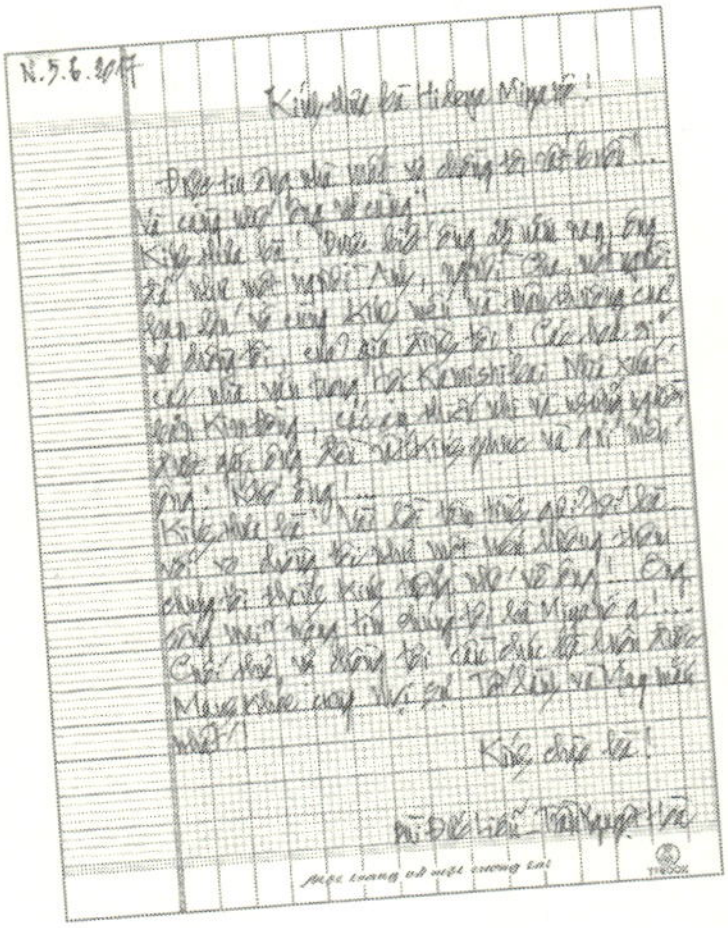

リエンさん直筆の手紙と（訳文つき）2001年に撮った宮野さん夫妻との写真と下の絵が添えられていた。

リエンさんの紙芝居「象牙の櫛」の最終場面を宮野さんは大切にされていた。

2017年3月25日
メッセージを語り終えた宮野さん

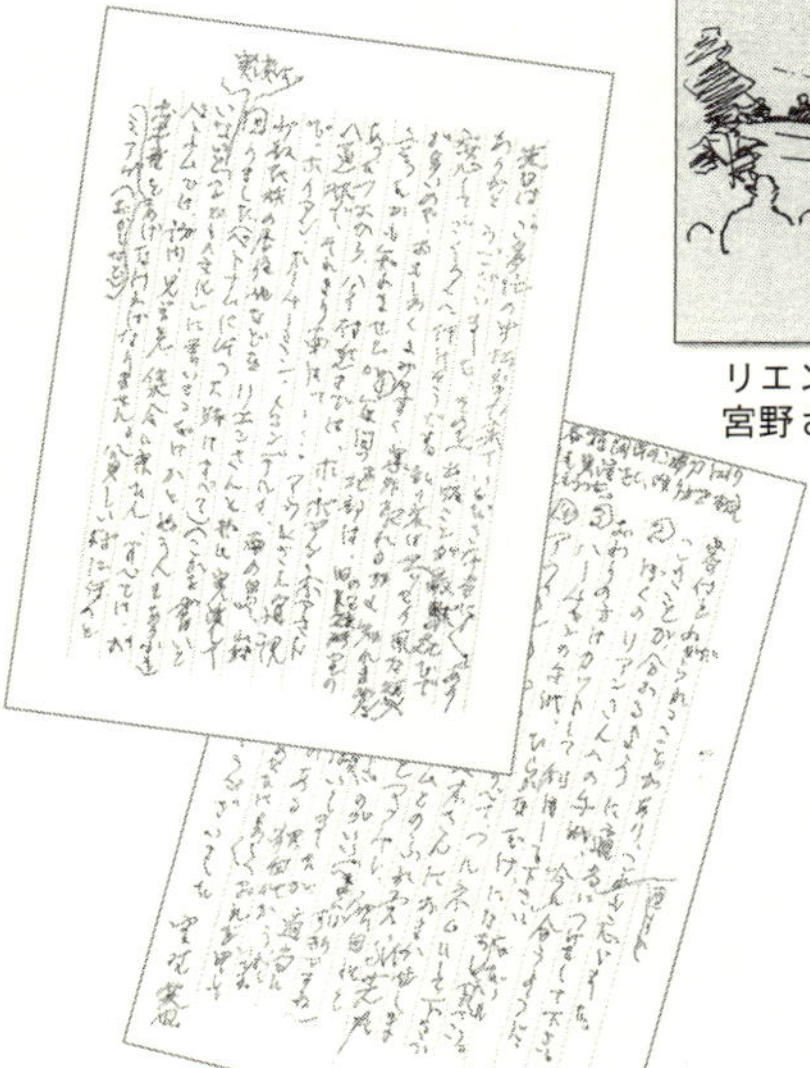

3月末に書かれた手紙（絶筆）
遺稿集を出版していただけること最大の喜びです。
これで安心して極楽へ行けそうですと綴っている。

●宮野さんと創作活動

童話「きのうの敵は今日の友」2005年1月愛媛新聞掲載

ふるさとの童話

きのうの敵は今日の友 おじいさんの語る戦争と平和

さく・宮野　英也　　え・大野　美保

みやの・ひでや　1925年、伊予市生まれ。熊本陸軍予備士官学校在学中終戦。愛媛子どもの文化研究会代表、日本子どもの本研究会員。著書「ペンを奪われた青春」（三一書房）、絵芝居「びりじゃないの」（童心社）、共著「空と海を血に染めて」（童心社）「えほん風土記えひめけん」（岩崎書店）など。松山市在住。

おおの・みほ　1966年、兵庫県生まれ。児童文学誌「青い鳥えひめ」同人。松山市在住。

宮野さんの主な著作2冊

「幼年期の文学教育」

文学教育、読書教育に熱心な先生だった宮野さん。その実践をまとめられた。

「ペンを奪われた青春」

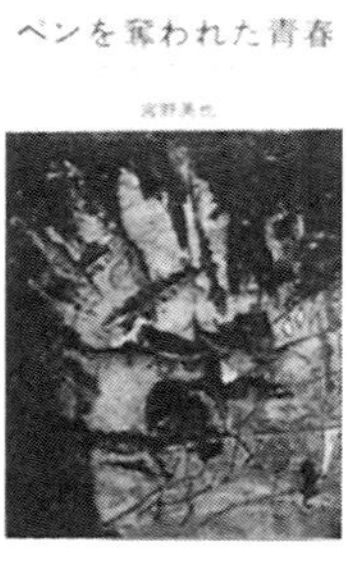

戦争のむごさを勤労学徒の実態から書いたもの（第三章に抄録）

はじめに

永らく小学校教師を務めるとともに愛媛子どもの文化研究会を設立し、紙芝居や戦争を描いた児童文学を通して、平和の尊さを熱く訴え続けた宮野英也氏が、今年（２０１７年）４月30日、松山市の病院で再び迫りくる軍靴の響きを憂いつつ永眠された。享年91歳であった。

そのひと月前に病床を見舞った長年の友人である鈴木孝子氏の帰京を追うように、『ぼくの戦争と紙芝居人生』と題してほしいと震える筆跡で書いた本のタイトルと目次に添えて、30年余にわたるベトナムでの紙芝居交流で深い友情を育んだブイ・ドク・リエン氏（紙芝居作家）の写真、これまで刊行された自著や愛媛新聞の連載記事のコピーなど、膨大な資料が送られてきた。

手紙の余白には、「体調が少しずつなくなってはいきますが、３カ月くらいは…」とあり、病状がかなり重篤と思われたので、急遽編集作業を進め、校正刷りを送って見ていただこうと思っていた矢先の訃報に、言葉を失った。「いま、この時代に言い残しておきたい」との宮野氏の固い遺志を実現すべく、この一冊を、「あしたに伝えたいこと」シリーズとして、お手元にお届けする。

１９６７年、三一新書として刊行された氏の著作『ペンを奪われた青春』の「はしがき」に「真に平和を望み、平和を守るためには、戦争というものを正しく認識しなければいけない。そのためには、「生き残った」私たちが血の代償として得た民族的な戦争体験の意味をいろいろと問い続け、明らかにしていく責務がある」とあり、学徒動員で呉海軍工廠でともに働く中で死んでいった数万の学徒、女子挺身隊員の霊を弔い、その実態を戦争を知らない世代に語り継ぐために生き残りの人々の証言を集め綴った渾身の書であった。自らも青春を奪われた無念さと悔恨の情が平和を希求する思いと重なって、胸を打つ。

「間接的にでも加担したことを罪の意識として持ってほしい」という氏の言葉は、歴史を風化させようとする世情の中で手をこまねき、声をひそめているすべての人間に、次代を継ぐ子どもたちに対してどう責任を負うべきかを静かに、しかし、鋭く問いかけている。

ベトナムとの30年余にわたる交流も、戦争の悲惨さに現地で直面してのショックからだったという。紙芝居を平和を守るメディアにしようと奔走された宮野さんの熱い思いを受け継いでいくことを、読者ともども氏の霊前にお誓いしたい。

２０１７年８月

一般財団法人文民教育協会　子どもの文化研究所　所長

片岡　輝

目次

第一章　ぼくの紙芝居人生

私は、作文教育、文学教育の実践をしてきたが、同じような立場から紙芝居教育をすべきであると思っていた。つまり、すぐれた紙芝居を通して、自然、社会、人間を広く深く認識させ、ものごとに対する正しく豊かで創造的な見方、考え方、感じ方を身につけさせ、人間としての正しい生き方を学びとらせることができると考えた。特に幼年期では、絵本の読み聞かせよりも、紙芝居の方が物語の内容を、より感動をもってとらえられると考えていた。

そこで、『おかあさんのはなし』（脚本・稲庭桂子、画・いわさきちひろ）などのすぐれた紙芝居を国語教育の教材として学習に取り入れてきた。（教育紙芝居運動に参加して）

宮野英也の紙芝居人生は、稲庭桂子との出会いに始まる。宮野の教育者としての透徹した感性は、紙芝居が秘めている教育メディアとしての可能性を瞬時にして読み取っていたのだ。宮野のすごさは、その確信を着実に実践に移していったことだ。さらに紙芝居を平和のための武器に育てていったことである。

第一章　ぼくの紙芝居人生

1　〝紙芝居先生〟の歩み

稲庭さんとの出会いから始まる

　こよなく紙芝居を愛した人、故稲庭桂子さんは、昭和二十八年、日教組第二回全国教研集会（高知）の分科会場で、自作の紙芝居『平和のちかい』を熱演され、満場の感動を呼んだ。

　稲庭さんは、戦中から紙芝居の名作といわれる『正作』『櫛《くし》』などの芸術的な作品を書いている。また戦後には、「文化的にも芸術としてもすぐれた民主的な紙芝居をつくり広める」、「紙芝居教育の研究を深め、視聴覚教材として確立する」、「学校、保育所、子供会、組合、その他で紙芝居活動を推し進める」、「健康な街頭紙芝居の発展を図る」などの要綱を掲げ、紙芝居を平和と子どもたちのしあわせのための文化財とするための研究・創作・普及の活動を続けてきた。

　昭和三十一年八月、東京で第一回教育紙芝居研究会が開催された時、「ていのいい子どもだまし」として扱われてきた紙芝居が、実は「みにくいあひるの子」としていじめられてきた「白鳥」ではないのかという問題提起がなされた。「みにくいあひるの子」といえば、昭和初期の経済恐慌で不況のどん底で喘ぐ東京下町に生まれ、俗悪児童文化としてさげすまれてきた街頭紙芝居の生い立ちとも重なる。そして、その頃からずっと紙芝居に対する軽視が続いていた。

だから稲庭さんは奮闘した。教育紙芝居研究会で、良い紙芝居の創造と普及にも力を注いだ。稲庭さんの代表作品『ねむらぬくに』『おかあさんの話』は、昭和二十四年度の文部大臣賞を受賞。そして昭和二十七年に長田新編により岩波書店から刊行された原爆体験文集『原爆の子』をもとに脚本を書いて『平和のちかい』を作り、当時のベストセラーになった。

この作品を、昭和二十八年の日教組第二回全国教研集会で稲庭さんが実演したその時、私もその場にいて、紙芝居のすばらしさを知り、その年から教育紙芝居研究会に加入し、教育紙芝居運動にかかわるようになった。そして稲庭さんから創作の指導も受け、私も歴史紙芝居『江戸から東京へ』や『びりじゃないの』（童心社）などの脚本も書かせていただいた。そして私は小学校に勤めていた時「紙芝居先生」と言われるほど紙芝居を教育に投入した。

紙芝居は、総合的な芸術教育として、さまざまな形で活用することができる。そして、子どもに独自の深い感動を与え、思考力、創造力も伸ばすことができるのである。それが紙芝居を真に子どもたちのものにし、輝かしい「白鳥」として、はばたかせることになるのではないだろうか。

教育紙芝居運動に参加して

昭和二十八年一月二八日、高知市で開催された日教組主催「第二回全国教研集会」最終日に、「稲庭桂子さんを囲む会」が開かれ、参加者は教育と紙芝居の関係において質疑応答が活発に交わされた。

私は、作文教育、文学教育の実践をしてきたが、同じような立場から紙芝居教育をすべきであると思っていた。つまり、すぐれた紙芝居を通して、自然、社会、人間を広く深く認識させ、ものごとに対する正しく豊かで創造的な見方、考え方、感じ方を身につけさせ、人間としての正しい生き方を学びとらせることができると考えた。特に幼年期では、絵本の読み聞かせよりも、紙芝居の方が物語の内容を、より感動をもってとらえられると考えていた。

そこで、『おかあさんのはなし』（脚本・稲庭桂子、画・いわさきちひろ）などのすぐれた紙芝居を、国語教育の教材として学習に取り入れてきた。それと同時に、子どもの想像力（創造力）、表現力を伸ばすため、紙芝居を作らせる指導を続けてきた。その方法としては、文学教材の学習のあと、グループでその作品のつぎたし話を作らせたりしてきた。その頃は、教育紙芝居研究会主催のコンクールもあったので、それに応募し、子どもと共に入選したこともある。

また、ある小学校では、用務員さんが元街頭紙芝居屋さんだったので、毎週校内放送を通じて、あの名調子でテレビ紙芝居の実演をしてもらった。すると私の学級の二年生の子どもは、その「紙芝居おじさん」のことを紙芝居にし、本人に贈って喜ばれた。

稲庭桂子と岩崎ちひろ

私は昭和二十八年から教育紙芝居研究会に入り、当時、同研究会の事務局長だった稲庭さんから紙芝居教育や創作の指導を受けるようになった。

あるとき、事務所にお伺いすると、稲庭さんはすでに先客と絵を並べて話し合っていた。先客の人は、おかっぱ頭で少女がそのまま大人になったようなかわいい娘さんだった。それが、まだ無名の新人岩崎ちひろさんで、つつましやかな印象の人だった。絵の傾向も、有名になってからのものとはだいぶ違っていたように思う。そしてまもなく日本紙芝居幻燈㈱から『おかあさんのはなし』が出版された。これは稲庭さんの代表作となり、岩崎ちひろさんにとっては紙芝居の画を描いたデビュー作となった。

またあるとき、稲庭さんは、紙芝居『おかあさんのはなし』を私ひとりのために、涙を流しながら熱演してくださったことがあった。この作品は、アンデルセンの同名の童話を脚色したもので、原作は、死神にわが子を奪われた母親が、わが子を取り返そうと死神に対峙する。しかしわが子の命を神に委ね、死なせることになる。ところが稲庭さんの脚本は、「かえしてください。坊やをかえしてください。たとえ、どんなにつらい目にあっても、生きていることは、いいことです。坊やは石ころのようにだまってはいないでしょう。悲しいこと、つらいことに負けないで、闘うでしょう」といって、わが子を取り返すのである。

私は、これほどまでに紙芝居を愛し、子どもを愛している人の姿に胸を打たれた。同時に紙芝居もここまでくれば、たしかに独自の芸術だという感を深くした。

その後、稲庭さんはすぐれた紙芝居を次々に創作し、岩崎ちひろさんも紙芝居に絵本に、すばらしい作品を描き有名になった。稲庭さんは、教育紙芝居運動の面でも推進力となり、後には「子どもの文化研究所」の生みの親ともなったが、昭和五十年に亡くなられた。その前年に岩崎ちひろさんも他界された。共に五十代の若さだった。

志賀直哉と紙芝居

「小説の神様」といわれた志賀直哉氏は、戦時中は沈黙を守っていたが、戦後、紙芝居についていろいろ発言をしている。昭和二十三年の「文藝」一月号で、天野貞祐氏との対談では、次のように述べている。

「最近、地方でも文化講座とかいう催しが多いが…」という質問に対して「そんな文化運動よりも、失業している絵描きなどを使って、いい紙芝居を文部省あたりで乗り出してやってくれるといいと思っています。（中略）紙芝居は第一に面白くなければいけないし、教訓じみてはいけない」と言い、そういう芸術的な紙芝居を作家と画家が協力して作り、街頭でただで見せるように提言している。

天野氏もこれに同意し「露骨に道徳的なことを言っても駄目で、学校教育ばかりが教育ではない」と語っている。

また日本教育紙芝居協会発行の機関雑誌「紙芝居」（昭和二十三年四月号）で、広津和郎氏、相馬泰三氏（元小説家で紙芝居の父と呼ばれた指導者）と三人で「紙芝居と文学」について話し合っていて、相馬氏の「遊びや娯楽の問題を切り離した児童教育は考えられない」との発言に対して、志賀氏は「知識は学校で与えられるが、いろいろな〝物の感じ〟は時間割で会得されるものではない」と述べ、広津氏は「芸術教育は学校では出来ない。学校の空気にはどこか子どもの心をくつろがせないところがある」と述べている。さらに志賀氏は、「文壇の人や一般の画家を、紙芝居に参加させることができるかどうかは、紙芝居にどこまで芸術性が持てるかがはっきりしないと駄目だ」と語っている。このように著名な文学者も紙芝居に関心を持っていた。これは興味深いことである。

街頭紙芝居との再会

一九八八年の夏、子どもの文化研究所・京都セミナーの翌日、私は思いがけない所で街頭紙芝居に出会った。「なら・シルクロード博」の会場前の公園である。

その紙芝居屋さんは、拍子木を叩いて人を集め、箸に巻きつけた水あめをせんべいではさみ、それにソースをつけた筆でおもしろい顔を描き、子どもたちに手渡していた。それからマイクを使って、名調子で実演を始めた。出し物は『チョンちゃん』、『孫悟空』、『復活!!マサカリ投法』そしてクイズ物だった。多くの家族連れが集まり、熱心に見入っていた。

街頭紙芝居の独特の絵と語りは、広場の喧騒の中でも、人をひきつける魅力と迫力があり、街頭紙芝居のすばらしさを再認識した。

私はその帰りに大阪の西成区に寄り、昭和二二年から現在まで日本でただ一人、紙芝居を制作し配給する絵元として、街頭紙芝居の灯を守り続けている塩崎源一郎氏を訪ねた。

塩崎氏は、街頭紙芝居を通して、子どもたちに「視野の広い人間になってほしい」、「大地に足をつけて、世界の中の日本を考えられる人間になってほしい」という願いを持って、活動してきたことを力説された。そして、紙芝居の特色を述べたパンフレットをくださった。また塩崎氏は、小学校（幼稚園・保育園）に、必須課目として紙芝居を取り入れ、子どもの文化を大切にして、楽しくゆとりのある学校、子どもが意欲と集中力を持って学ぶ学校にすべきであるといわれた。愛媛県にも三名の元街頭紙芝居業者の方がいて、その方々からお話を聞いたことがあるが、塩崎氏と同じように「善悪を判断し、考える力を持った子どもに育ってほしい」という願いを持ち「街の教育者」のような使命感を持って仕事をされてきたと話されていた。頭の下がる思いがした。

地域での紙芝居の活用

街頭から紙芝居が消えて久しいが、紙芝居の良さが見直され、愛媛でもさまざまな形で、活用されている。

一つは、地域の民話や伝説などの伝承文化を語り継ぐ活動や、戦争体験などを、手作り紙芝居にして、子どもに伝えようとする活動が行われている。たとえば、戦争体験を語り継ぐ会では、中国東北地区での悲惨な戦争体験をした小学四年生の一少女が、その眼で見、肌で感じた終戦から内地引揚げまでの記録『大栗子（ターリーズ）のすずらん』という紙芝居を作り話題を呼んだ。また、交通安全紙芝居や、消費税反対のジャンボ紙芝居が作られたことなども新聞で報道されていた。

私の住んでいる伊予市では、元街頭紙芝居業者だった藤岡長太郎氏が、市立図書館で毎月二回紙芝居の実演をする会を持ち、子どもたちの人気を呼んでいる。同館では三百数十巻の紙芝居を備えているが、貸出しも多いそうである。

このような現状の中で、私に、子どもの本の読者指導や、紙芝居についての話をしてほしいという要請が多くなった。そこで、テレビ紙芝居をやっている糸山鉄男氏や、藤岡氏とコンビを組んで、私が紙芝居の特質や教育性や作り方などを話し、その後で紙芝居の実演をしてもらうという形の会を持って、紙芝居のすばらしさを分かってもらうための活動を始めた。

先日も、ＮＨＫ松山放送局を会場として行われている愛媛県近現代文学資料研究会で、「街頭紙芝居の歴史と子どもの文化」について発表した。参会者が大変多く、活発な質問や意見が出され、有識者の間にも紙芝居に対する関心が高いことを知った。

年内に、愛媛子どもの文化研究会を創立することにしているが、その中で、「紙芝居を語る会」を開きたいと考えている。そして、幼稚園・保育園の先生方、元街頭紙芝居屋さん、主婦の方たちと協力して、「みにくいあひるの子」のように扱われてきた紙芝居を、「白鳥」にするよう努力したいと思っている。

（「子どもの文化」一九八七年五月号）

2　紙芝居の力と紙芝居運動

心と言葉と生きる力を育てる紙芝居

日本独自の民族文化の「紙芝居」が、今、静かなブームを呼び、ボランティア活動や、小学校などへの出前実演にも活用されている。また、ベトナム、ラオスでも出版され、俳句のように欧米にも広がる動きが出てきている。

一方、電子メディアを中心とする情報化や国際化と、高齢化や少子化の波の中で、子どもたちを取り巻く環境も急激な変化が起こっている。キレる、荒れる子どもが激増し、いじめ、不登校、少年犯罪も増え続けている。

それらに対応して、「心の教育」、「生きる力の育成」が二十一世紀のテーマになってきたが、それは、教科のように教えられるものではなく、自然、人間関係なども含めた広い意味での「文化」の中でこそ育つものだと考えている。

そこで、時代遅れともいわれている「紙芝居」を通して、私がどのような教育文化活動をしてきたかを述べてみたいと思う。

◆紙芝居の特性

① 紙芝居は、二次元の世界の演劇だ。肉声による実演によって、絵が動くように芝居するという形式は、単純明快で分かりやすく、なにより面白く、訴える力も強い。

② 画像が動かないので、じっと見つめる時間が長くなり、思考力、想像力が育つ。

③ 紙芝居は対面で双方向の文化だ。演じる人、見る人の間に温かい心の交流が生まれる。

④「いつでも、どこでも、だれにでも」実演できるという手軽さと、大衆性がある。

⑤ 絵さえ描ければ、三歳児でも可能な、最年少から創造できる手作り文化だ。

以上のような特性を活用して、幼児教育、小学校教育の場で、童話を扱う読書教育と同じように、紙芝居を文学教育として取り上げるべきだ。幸い、すぐれた紙芝居作品が数多く出版されているので、その面白さ、楽しさ、美しさを体験させる中で、心と言葉と生きる力を育てることができる。

◆紙芝居の教育性

①　自然、人間、社会を広く深く認識し、その中の真実を発見し、現実を見る力が育つ。

②　真実なもの、正しいもの、美しいものに感動し、非人間的なものに憤りを感じる豊かな感性、人間性が育つ。

③　物語の面白さを体験する中で、思考力、空想力、想像力と、創造性が育つ。

④　日本語の特性を理解し、表現する力が育つ。

◆小学校での実践

私は、以上のような観点に立って、小学校の国語、社会、道徳の時間に教材となる適切な作品を選び、紙芝居の特性を生かした授業を行ってきた。紙芝居は低学年では、文学作品以上に深い感動を呼び、活発な学習ができる。

次に、それを表現、創造活動に発展させるため、次のような展開も取り入れた。

①　話し合いをする（感想を出し合う）。

・どんなところが、おもしろかったか。

・だれが好きか、嫌いか。それは、どうしてか。

・主人公をどう思うか（どんな人か）。

・自分たちと比べて、似ているところ、違うところはどこだろうか。

②　おもしろかったところを動作化したり、劇あそびにしたりして楽しむ。

③　つぎたし話を作る。
④　紙芝居を作る（集団制作を中心に）。

◆子どもに作らせる時のヒント

①　他の作品のまねになりやすいので、自分の体験の中から感動したこと、みんなに伝えたいことをテーマとする。
②　真実をありのままでもよいが、その上にフィクションを入れてドラマを作る。
③　動物を主人公に、空想的な物語を作る。
④　コマ絵を先に描き、後で文章をつける。
⑤　会話を多くし、それで話をすすめる。
⑥　登場人物は左の方へ動くよう描く。
⑦　どうしても、物語が作れない子どもには、感動した本の話を脚色して書かせる。

このようにして、紙芝居による教育を進めた。

愛媛子どもの文化研究会の活動の中で

一九八八年（昭和六十三年）の秋、私は教員退職後、愛媛子どもの文化研究会を創立し、毎年、文化講演会と紙芝居を取り入れた活動を続けてきた。

例えば、

第1回　子どもの発達と文化　小林剛先生　からくり紙芝居（いじめのテーマ）の実演
第2回　紙芝居を楽しむつどい　実演大会　右手和子氏・元街頭紙芝居業者　他
第3回　絵本と紙芝居のつどい　田島征三氏の講演

第3回から手作り紙芝居（子どもの部・一般の部）の募集を始めた。そして、その中から優秀作品を選出し、入選作品は入賞者自身が実演し公開した。この企画は、好評だった。そして、今年で第10回を迎えたが、その間、面白く感動的な作品が次々と生まれている。

例えば、渇水の現実をファンタジーにした作品『水の国のカーニバル』、子どもでなくては考えられない空想的な物語『まくらの家で』などが出てきた。また、地域の中で子ども同士の国際交流を描いた『ロシアの友だち』や『マイ、フレンド』。盲目の犬（ダン）を、子どもたちが団結して団地で飼うようにした話の『目の見えない犬』は、道徳の副読本にも取り上げられた。このように、現実の生活の営みから生まれた感動を、リアルに再現した珠玉ドラマも多数生まれている。一般の部でも、地域の民話や、人権、ボランティアなどの多様なテーマを扱い、心温まる作品が寄せられている。

手作り文化の紙芝居の表現力は、語りや作文以上に、人の心に訴える力があること、テレビ以上に、人と人との心を繋ぐ力があることが、証明されたのではないだろうか。

子どものためのボランティア活動として

現在、ボランティアの活動分野が広がりをみせている。子どもに夢と希望を与える子育て支援の分野で、また地域と学校と連携して行われる分野でも、ボランティアの活動は期待されている。私たちの会も、松山市ボランティア協議会に加入し、子どもを対象とするボランティア活動を、子ども文庫連などの関係団体とネットワークを作り、組織的に連携を取りながら活動を始めた。

例えば、毎年行われる「ボランティアのつどい」、「福祉まつり」の中に、紙芝居の部屋をつくり、福祉紙芝居（様々な障がいについて、理解の助けとなるような作品など）を揃えたり、面白い紙芝居、手作り紙芝居の実演を行ったり、時には、子どもの実演（希望者による）をしたり、紙芝居作りの指導を行ったり、さまざまなボランティア活動をしている。

「国際交流まつり」では、ベトナム人の留学生によるベトナムの紙芝居の実演や、英語で実演する日本の民話などを企画して、紙芝居文化を外国の人に理解してもらいながら、国際交流にも役立てるような働きかけをしている。

平成十一年度から、県立図書館主催の「親子で紙芝居を楽しむ会」が、県下各地で年十回実施されるようになった。私は〝見て楽しむ、作って楽しむ、自作を実演して楽しむ活動〟をスローガンに掲げ、二年間実践してきたが、子どもたちも喜んで、生き生きと活動している。また、作って楽しむ活動〟に参加した幼児も、すばらしい紙芝居を作りあげて自作を、元気に実演することができた。

今の子どもを取り巻く環境は、ゲームなど、お金で買える〝受け身の文化〟〝非対面の文化〟の虜になっているとの危惧する声が高まっている。しかし、子どもの姿をよく観察すると、自分で作り、自分で表現することに興味を持ち、熱中する面も持っているのだということが、よく分かる。

私は、生きる力の基本は、自己表現力だと考えている。だから、日本の伝承文化である紙芝居を見直し、その特性を活用することによって、子どもの心と言葉を育て、自己表現力、創造力を養い、人間らしく生きる力を育てることに繋がっていると確信している。

昨年（二〇〇三年）三月、伊藤忠記念財団から子ども文庫助成金をいただき、「みやの紙芝居文庫」を開設した。そして、ボランティア団体に貸し出しをすると共に、「紙芝居を楽しむつどい」を開き、二十一世紀に生きる子どもたちの幸せのため、社会のために紙芝居を役立てられるよう、余生をがんばりたいと決心している。

「紙芝居まつり」が開催されて

ＮＨＫ朝の連続テレビ小説『おはなはん』の舞台となった郷里の大洲市、「大江健三郎」の故郷内子町の隣町であり、山紫水明の山間の五十崎町に、昨年（二〇〇三年）、「五十崎紙芝居の会」が誕生した。

会は自然環境や文化の創造と共有共生する地域作りを目的とする、地域の特性を生かした事業として、『食』と、大州和紙を用いた『手作り紙芝居』のユニークな活動を展開している。そして、紙芝居を「町おこし・町づくり」に活用しようと考えたのである。

私たちは吉岡薫氏を中心に、紙芝居にあまり縁のなかった「五十崎町」に、紙芝居の種をまき、紙芝居研究をする人を育てていこうと、困難だがやりがいのある仕事に力を注ぎ耕してきた。

そして、五月三日、「えひめ町並博２００４」のイベントに参加して「ようこそ紙芝居の里へ―第1回紙芝居まつり、手作り紙芝居コンクール」を開催したのである。

応募総数は一四六点（ジュニアの部、四八点、一般の部、九八点）。

審査委員は、やべみつのり、宮野英也、片山真智子、宮岡広行五十崎町長、他。

（本審査会の前の4月に審査会を行った様子を、やべさんが「絵芝居」に紹介。本著46・47頁に掲載）

本審査は五月三日、「紙芝居小屋」で実演を含めた審査会があり、次の方々の入賞が決まった。

◆ジュニアの部

最優秀賞『ライオンよりサルが強い』（創作童話）武田敏季（東予市三芳小3年）

◆一般の部

最優秀賞『くまんばちのす』（現代の民話）久保公一（松山市）

応募者は、幼児から小、中、高校生、高齢者まで。また応募範囲は、全国各地から、ベトナム・ラオスまでと、広範囲から力作が集まった。応募作の内容は、全般的に民話と、動物が登場する創作童話が多かった。またタイトルからもうかがえる『ライオンよりサルが強い』というような、子どもでなければ創作できない、面白い作品も多数あった。紙芝居の構成では、形、色、抜きなどに独自の表現法を活用した、個性的な紙芝居も集まった。

なかでも私の印象に残ったのは、一般の部優秀賞となった創作民話『こめたろうのやくそく』だった。この作品は、地元の小学一年生の上岡卓郎くん、弟の耕太郎くんと、母親ゆかりさんの共作だった。母と子でお話を作り、子どもたちで絵を描き仕上げている。物語には、母と子の夢と願いが楽しい民話として表現されており、絵もすばらしかった。

『お父さん早く帰って来て』(北川鎮作)は、戦争体験者でなければ描けない空襲の凄まじい描写が、リアルに表現されていて心を打った。全般的に見て、内容も表現もバラエティに富んでおり、手作り紙芝居の面白さと可能性を示した有意義なコンクールだった。

五十崎に生まれた「紙芝居の里」

二〇〇四年五月三日、「紙芝居まつり」のイベントは各会場で賑わっていた。

メインイベントの一つ「栗田邸で紙芝居を見ながら郷土料理を楽しむつどい」は、午前一〇時から、豪壮な旧庄屋の広い座敷で行われた。この五十崎の庄屋屋敷栗田邸は、明治時代に建てられたものだが現在も住まわれていて、地域に開放されることは今回が初めてだそうだ。町がこのイベントにいかに力を入れているかということだろう。

地域の自然や民俗、民話などをテーマに据えて作った紙芝居は、地元住民が方言などを入れて実演した。趣向を凝らした演出は楽しかった。なかでも『みそぎの棚田物語』は地域の農業と文化の歴史を今に伝えるストーリーで、地産の五十崎和紙の美しさを生かした紙芝居だった。

手作り紙芝居は、全部で一〇作品あって、子どもも協力して作ったとのこと。紙芝居に対する熱意が偲ばれた。その後で、山と川の食材を活かした、おいしい料理を食べながらの交流会は、地域の方々といろいろな話題で盛り上がった。また郷土芸能「豊年おどり」の披露などもあり、地方色豊かな集いとなった。

そして同時進行の形で、「紙芝居小屋」と隣の「りゅうぐう茶屋」と、「周辺の河川敷」「天神製紙工場」で、自分たちの作品を子どもも含めた参加者たちが実演する小会場を設置した。

なお、子どもの文化研究所から鈴木孝子、加藤武郎、菊池好江、新屋エミ子、加藤澄子氏（松山）諸氏らも自主参加され、市内三ヶ所の各会場で個性豊かな実演を披露していただいた。衆目の一致するところすばらしい「紙芝居まつり」となった。

この「紙芝居まつり」で、「紙芝居の里」を作り、紙芝居による町づくりの第一年目のイベントは、一定の成果をあげて閉幕した。その一つとして、全国的にも珍しい「紙芝居小屋」が生まれたこと。「紙芝居小屋」では、その後も、月一回の紙芝居公演と、手作り紙芝居の常設展示が続けられ、今後も自然と食と文化を大切にするユニークな活動の拠点となるのではないかと、期待されている。

紙芝居を社会のために

五十崎町は、「清流小田川と大凧合戦の里」として知られている。「川と凧」以外には特色のない町であるが、町づくりには関心が高く、清流小田川に関心を持つ住民が主体となって、自然景観のあり方を学ぶ勉強会を積み上げ、住民参加のまちづくり運動をすすめ、行政関係者の意識を変えさせた。そしてその結果、全国にさきがけ、従来のコンクリート工法の護岸工事ではなく、自然景観を残した多自然型護岸工法(注1)を採用し、生物の住める川を壊さず自然を守った実績がある。

私は、地域の民話などを発掘して、紙芝居などにすることも大切であるが、そのような自然を守る活動、人間性（人権）を守る活動等、今日的な課題をテーマにした紙芝居も制作したいと考えている。幸せな社会を作るために「紙芝居」を役立てるということも必要ではないかと思う。

21世紀は「人災の時代」になりつつあるように思えてならない。想像もできないような災害、福祉、犯罪防止、安全・安心なまちづくりなどをテーマに扱った紙芝居は出版されているが、まだ数は少ない。私は関係団体の依頼で、『しあわせばあちゃん』、『心にシグナル交通安全』などの紙芝居を作り、学校や老人ホームなどで実演をしてきたが、どちらも反響が大きかった。

自然や人間や社会の現実を、自分の目で見つめ、考え、自分なりに導き出した意見をみんなに訴える表現手段として、手作り紙芝居を作り活用するということは意義があると思う。

さまざまな人災の中で最大のものは「戦争」である。私たち戦中派は、現在の情勢の中に硝煙の臭いと軍靴の響きを感じとり、日本が「いつか来た道」を歩んでいると危惧している。

今こそ、人災を防ぎ、平和を守るために、どのような視点から紙芝居を作り、どのように活用すべきかを考えなければならない。（「子どもの文化」「新しい紙芝居の風」二〇〇四年六月号）

（注1）：多自然型護岸工法：従来のコンクリートブロックで固めるだけの護岸工事とは異なり、治水上の安全を確保しつつ植物の良好な育成環境に配慮した、水と緑豊かな護岸を作る工事。

社会貢献できる作品を

私たちの「子どもの文化研究会」は、今年（二〇〇三年）で一五周年を迎える。創立総会から、毎回紙芝居を活用してきた。第一回の創立総会では、福井大学教育学部付属小学校長の小林剛先生をお招きして、小林先生自らの実演で、大型紙芝居『サッちゃんきれいになったよ』を見せていただいた。この紙芝居は学生が制作した手作り「大型からくり紙芝居」だ。

物語は「いじめ」がテーマで、くさいといって上級生にいじめられるサッちゃんという一年生の女の子を、クラス全員で守り励ます話である。そしてこの「からくり紙芝居」はどんなふうに展開するかというと、くさいといじめられているサッちゃんを、クラスの仲間が運動場にタライを持ってきて、洗ってあげる。その最後のシーンで、クラスのみんながサッちゃんが外から見えないように、腕を組んで取り囲むという大団円に、紙芝居のサイズがパタッと二倍に広がり、さらにこれまで登場し終えた紙芝居の全ての場面を持った、実演を補佐する学生たちが、最終場面の描かれたサッちゃんの絵の前に出て来て、横に繋がり、手に持った紙芝居をパッと反転させて、瞬時に繋げて、巨大な一枚のラストシーンを出現させたのだった。つまり主人公のサッちゃんをリアルに隠してあげる演出となっていた。そして、何よりも「いじめ、非行問題」に詳しい研究者である小林先生の熱演は、見る側に深い感銘を与え、手作り紙芝居による教育のすばらしさを改めて教えさせられた。

臨床心理学者の河合隼雄氏が「人は忘れがたい体験をすると〈不思議〉や〈驚き〉を感じる。それを〈物語〉にしてみて、初めて心に収めることができ、他者に伝えることができる。子どもは大人以上に、その〈不思議〉をからだ全体で感じて、かけがえのない体験をする」と語った。

私は、こういう体験の必要性を感じている。そのために家庭や保育園、幼稚園、学校などで紙芝居を生かしてほしいと願っている。文字が読めるようになったら、子どもにも実演させ、表現力を育ててもらいたい。作品は図書館などで借りることができるし、絵が描けるようになれば、親子でお話を作り紙芝居にするといいだろう。

また私は、紙芝居作りの助言者として、県内各地を回ってきたが、ある時、出会った三歳児が、生き生きとした作品を作り、発表をした姿に感心した。子どもが自然や社会の現実をしっかり見つめ、その中で驚き、感動を表す。その力が、人間らしく生きる力につながるのである。

愛媛子どもの文化研究会の紙芝居コンクール子ども部門で、最優秀賞を受賞した紙芝居『目の見えない犬』は、愛媛県から発信され、全国で有名になった紙芝居である。物語は、松山市の団地に住む幼馴染の二人の少女〈望〉と〈希〉が、団地近くに捨てられている盲目の子犬を見つけた。

二人はその捨て犬を放ってはおけず、団地の隅で飼い始める。ダンと名前をつけられた盲目の犬は、二人の少女や団地の人々との交流の輪を広げ、とうとう団地で飼われることになる。

この作品は、大きな反響を呼び、平成一三年に、小学校の道徳の副読本『みんなのどうとく』(学研)に収録され、日本全国で用いられた。また、その後の二年間で、一七万部が出版され、小学三年生の副読本としては最も読まれている本となった。さらに、平成一四年には、この物語がモチーフとなった映画『仔犬のダンの物語』も公開されている。

このように紙芝居は、今日的なメディアとなり、自然、環境、福祉、人権、平和などの社会的課題に応える作品を作り、幸せな社会のために役立てられなければならない。

誰でも参加できる「手作り紙芝居」の大衆性

映像、携帯電話など非対面の文化に埋没する現代、ますます人間関係が希薄になり、人災が増え続けている。また、子どもたちは、受け身のハイテク文化に囲まれ、手作りの文化を創造する活動を失っている。その中で、二次元の世界の演劇といえる紙芝居は、対面によって人と人との心をつなぐ文化、「声の力」の文化、手作りの文化としての良さが見直され、広がっている。

本来子どもは、ものを作ること、表現することが好きなはずである。生きる力の基本は自己表現力である。紙芝居を活用することによって、心と言葉を育て、創造力、表現力を養い、人間らしく生きる力を培えるだろうと思う。

手作り紙芝居コンクールに応募する人は、「子どもの文化研究会」の出席者、特に保母さんや教師、ボランティア活動に携わる人、そして子どもや知人の働きかけで応募する人も多くいる。また、新聞などを見て応募する人もかなりいる。

応募者の年齢層は、三歳から九十代までと広いが、これは、紙芝居が「だれでも実演でき、だれでも作れる」という大衆性を示している。言葉を覚え、話すことができ、絵が描けるようになれば、二歳児でも作ることができる。私は四年前（一九九九年）から、親子で楽しむ紙芝居教室（県立図書館主催）で、県下を回って、「見る、作る、実演する」という紙芝居の良さや楽しみを味わってもらっている。そんな中で出会った二歳の幼児が、作って実演した紙芝居に感動した。画用紙にダンゴむしだけが描いてあって、「ダンゴむしを見つけました。ダンゴむしとあそびました」と、堂々と実演した紙芝居だった。

だから、紙芝居ならだれでも作れるという手軽さがあり、あらゆる世代の人からの応募があるのだろう。紙芝居ほどの〝何の機械も必要とせず、手軽にやれる文化財〟は、他にない。字が読めればだれにでも実演できるし、絵が描ければ、幼児でも作ることができる。このように、単純素朴で時代遅れとも見られる紙芝居は、それが逆に長所となり、大衆の芸術となり得るのである。

3　愛媛の紙芝居運動は元気！

はじめに「紙芝居フェスティバルIN松山」行われる

石鎚山の頂きの雪が、真っ青な空に銀色に映り、肌をさす風が時折り吹くけれど、あたたかな日の光が山々をすっぽりと包みこみ、松山は早春のたたずまい。

そんな松山で、去る2月3日、愛媛子どもの文化研究会（代表・宮野英也）主催の『紙芝居フェスティバルIN松山』が開かれた。もう、14回目になる。

思えば一九八八年の創立総会を兼ねての第一回は「子どもの発達と文化」（小林剛氏）講演と、大型のからくり紙芝居「いじめ」の上演であった。故・堀尾青史先生も参加し、紙芝居について語られたことを思い出す。

第四回から、手作り紙芝居の募集が始まり「水の国のカーニバル」「まくらの家出」など、子どもでなくては考えられない空想的な物語の紙芝居など、おもしろくて感動的な作品が次々と生まれていった。毎年この時期に紙芝居を主軸にして、朗読会や子育て講演会などとジョイントしたり、ベトナムの留学生と交流したりと多彩なプログラムで開催している。

愛媛は紙芝居グループはもちろんのこと、様々な団体が子ども文化をはじめ、多彩な活動を展開していて、文化風土が豊かな所である。

紙芝居の実演グループだけでも十指は軽く数えられるという。愛媛子どもの文化研究会はもちろんのこと、河野真知子さんたちのグループや片山真智子さんたちも旺盛な活動を展開している。さらには松山朗読研究会、愛媛の民話を楽しむ会、愛媛おはなしの会「グループ・にいはお」、さいねやほうけ（愛媛の郷土資料研究懇話会）、トッポ話を語る会等、そして子ども文庫連の活動も盛んである。こうした活動仲間に支えられ、協力しあいながら、愛媛子どもの文化研究会は、紙芝居を中心にした文化活動を重ねている。

（子どもの文化編集部　鈴木孝子）

「紙芝居フェスティバル」の当日のプログラム

今回は東京から画家で紙芝居作家の渡辺享子さん、紙芝居研究家で実演家の加藤武郎さん、実演家の新屋エミ子さんと事務局の鈴木さんが参加してくれ「トークと紙芝居実演の集い」のプログラムとなった。

第1日目の2月3日、当日は松山市ボランティア協議会の集いと重なり、参加者が少ないのではないかと心配したが、開始直前には会場である道後温泉の「友輪荘」大広間は親子づれを含めていっぱいになりほっとした。ＮＨＫやテレビ朝日などメディア関係も取材に来ていて、会場はにぎやかだった。元ＮＨＫアナウンサーの加藤澄子さんの司会のもとに、和やかに会は進んでいった。

第一部「トークと実演」のトップバッターは、鈴木さんが務めた。「30余年にわたる子どもの文化研究所の紙芝居運動の歩みと、今の紙芝居の現状」を、五山賞の歴史や最近の朝日新聞に掲載された「紙芝居の力」という投稿などにふれながら話してくれた。

つぎは、渡辺享子さんが登場。「現在、作も画も手がける数少ない紙芝居作家のお一人です」との司会者の紹介で、二十点にのぼる多様な自作の中から、渡辺さんの紙芝居創作の原点になっている『コスモス』の話に始まり、生命と平和の希求が作品を作る基本であり、作家精神であると『ニャーオン』『おかあさんのうた』『ねこのおかあさん』等の作品場面を手にし、その作品への想いをやさしく、そして力強く話された。『おかあさんのうた』は加藤澄子さんが、大好きな作品で、今だから演じたいと、静かに静かに演じていった。

加藤武郎さんが『トラのおんがえし』(渡辺享子作)で一部を締めた。加藤さんは40年にわたる紙芝居人生の中で、先輩から受け継いだ「演じるとは何か」を御自分の体験を通して語られた。体験をふまえての話に会場はシーンと静まり、さらに『トラのおんがえし』の見事な実演で参加者をわかせ、感動させた。

二部の「実演大会」は「手作り紙芝居コンクール」の最優秀作品の上演で始まった。

今年の子どもの部・最優秀は『ピョンコとおばあちゃん』。西条市の小学校一年生の金子智那未ちゃんが受賞した。四人姉妹の長女。あどけないしぐさのかわいい一年生。でも、お姉さんらしく、佳作に入った妹の夏希ちゃんに「『ニャーオン』の紙芝居をみんなで見ようね。お母さんに買ってもらおう」と開始前に話していた姿が印象的だった。

壇上でも、司会者の質問に大好きなおばあちゃんのことをテキパキと答え、大きな声ではっきりと演じていて、会場からたくさん拍手があった。ねたきりのおばあちゃんが元気になってスポーツで金メダルをとるというスケールの大きな作品であった。

一般の部の最優秀作は『いよ　まんざい』松山市の大野美保さんの作。すたれようとしている「いよまんざい」を今、継承していこうと訴えるドキュメンタリータッチの作品。会話のやりとりや絵が愉快でおもしろい。明るくさわやかに演じる大野さんにも、大きな拍手が送られていた。

その後を受けて、新屋エミ子さんが『なぜお月さまにおそなえをするの？』という、渡辺享子さんの最新作をもって登場する。中国の子とベトナムの子が自国のお月見の風景を語り、ベトナムの歌がついている楽しい作品。ベトナムの子どもや留学生が多く住む愛媛には最適の紙芝居。新屋さんが、きれいな声で歌うベトナムの歌に一緒に口ずさむ人もいて、今後行われる交流会できっと演じられるだろうなと思わせる一コマであった。

加藤澄子さんとベトナムの留学生ダンさんが、ベトナムの紙芝居『ふたつのたまご』を競演して、フィナーレを飾った。一場面ごとに、美しい日本語で加藤さんが演じた後、ダンさんがベトナム語で演じていく。これは両国語共に内容がよく理解できる演じ方であり、加藤さんたちが朗読でよくやっているやり方という。言葉がわからずとも、外国語の響きや美しさを耳にすることも大事なことであるからという理は納得できる。

こうして、たっぷり二時間半にわたる紙芝居フェスティバルは終了した。

「手作り紙芝居コンクール」と「親子で楽しむ紙芝居教室」

さて、愛媛子どもの文化研究会が行なっている手作り紙芝居コンクールは、今回で11回目になる。一般の部と子どもの部にわかれているが、「子ども向けの作品であること、絵はオリジナルに限る」という条件で募集している。今年は32点の応募作品があった。会の始まる前に、入賞作品の発表と入賞者の表彰式を行った。入賞者一人ひとりに賞状と副賞の図書券や文具等の授与があり、応募された方々も前に並んで、記念品を受けとるという、手作りのあったかな表彰式になった。

審査は、愛媛子どもの文化研究会の会員が二日にわたって行っているが、毎年大へん苦労する。しかし、ぼくは紙芝居は演じて成立する文化であり、肉声による実演で絵が動くように芝居する形式はわかりやすくおもしろく、訴える力も強いといった紙芝居の力や特徴があることを話し、ぼくは50年近く、学校教育現場や地域の中で紙芝居運動を実践しているので、このコンクールもこの大きな視野にたって審査している。

これからも、おもしろい作品、楽しい作品が生まれてくることを願っていますと、審査委員会を代表して自分の紙芝居観を基本にして選考していると話した。

ぼくが加藤さんたちと紙芝居ボランティアで訪れた、松山からずうっと離れた山間の小さな学校から、作品コンクールに応募した生徒が先生と参加してくれてうれしかった。

「紙芝居フェスティバル」の反響

ＮＨＫやテレビ朝日が放映したせいか、反響の大きさに驚いた。加藤澄子さんは街の中で知らない方から声をかけられたという。愛媛新聞には当日参加した看護婦さんの「お年寄り向けの紙芝居勉強」と題しての投稿が載った。当日の様子をよくとらえているので、紹介してみる。

―紙芝居の魅力を知ってもらおうというイベント「紙芝居フェスティバルIN松山」に参加した。画家で紙芝居作家の渡辺享子さんが自作を語り実演した。渡辺さんは戦後、急ごしらえの小屋の中に、子どもたちを集め、紙芝居を実演した。その時の感想を「子どもたちは瞳を輝かせて、私の実演を見てくれた。子どもに夢のような心を打つ何かが残っているのだな、と感じたものです」などと熱っぽく語ってくれた。当日、子どもたちや私たち大人も長時間に及んで、おとなしくすわっていられたのは、渡辺さんの説得力ある語り、情熱の入った実演にあったように思う。

今、私は病院でデイケアの仕事をしている。お年寄りに紙芝居を実演している。お年寄りに興味のある作品を選んで持ち寄り演じている。しかし、渡辺さんと出会ったことで、私の未熟さがつくづくわかった。演じ手は上手下手よりもその人の人柄、熱意が客にどれぐらい伝わるかこのことが大切だと感じた。紙芝居フェスティバルIN松山で得た教訓を生かして、もっと実演の勉強をして、お年寄りたちの心を打つ紙芝居を披露したい。―

参加された方々がよく紙芝居をとらえてくれていると思えて、ぼくらが励まされた。

4　紙芝居を武器に平和を

戦争と紙芝居

戦後六十年の今、アジア・太平洋戦争は時代劇の世界となり、戦艦大和は「オブジェ」となって、旧呉軍港に展示されている。

しかし、ぼくは昨日のことのように覚えている。昭和二十年三月十七日白昼、大和を戦艦とする主力戦艦が、グラマンの大群の空襲を受け、真珠湾の逆の光景が展開したことを—。動員学徒のぼくも機銃掃射の中を逃げまどったことを—。

ぼくの学生時代は、すべて十五年戦争と重なり、その間、徹底的な軍国主義教育を受け、志願して学徒兵となった軍国少年だった。したがって、戦争とはなんだったのかにこだわり続けている。

復員後、小学校教諭となり、稲庭桂子氏と出会って、紙芝居のすばらしさを知り、「教育紙芝居研究会」に加入した。そして、「紙芝居教育」「平和教育」を実践してきた。八十歳の老人となったが、今も研究を続けている。

今年の三月、ぼくのそういう活動を知っている知人から戦時中の紙芝居が寄贈された。お寺の蔵から見つかったもので、当時の作品はＧＨＱに没収されたり焼却したりで、今まで残っているのは珍しく、貴重である。

ぼくはこの紙芝居が「戦争と平和」を考える手立てになればと思った。いわゆる戦時中の紙芝居は、昭和十三年、日本教育紙芝居協会が結成され、この会が中心となって、各種の国策紙芝居が次々と作られていった。昭和二十年八月の敗戦までの七年間に刊行された紙芝居は、昭和十七年の三百作品をピークとして、総合計二千セットくらい刊行されたと推定される。

太平洋戦争に突入してから、『敵だ！倒すぞ米英を！』『山本五十六』『軍神の母』など聖戦を称え、戦意高揚をはかる宣伝色の強いものにエスカレートしている。そして、それが、学校、お寺、工場、軍隊に至るまで、あらゆる集会の場で実演されたので、戦争遂行のための強力な紙の武器となったのである。

国策紙芝居の特色

寄贈された紙芝居は、次のような戦争を描いた作品があった。

『玉砕軍神部隊』

アッツ島守備隊と米軍との死闘、流血のシーンがリアルに描かれている。「勇士らは、永久の沈黙に帰った。全将兵、玉砕す！　その英霊は、われらに叫びつづけているではないか！　この、尽忠無比の生命を、不滅のものとするのは誰だ！　この有志の屍を超えて、敵米英機に突撃を敢行しよう！」

『桜咲かせん』

これも、ガタルカナル島で飢えとマラリアに苦しみながら、敵陣に切り込み、全員玉砕するというドラマである。

『七つの石』

これは第四回紙芝居コンクール（当時）の入選作で「軍人援護劇」と呼ばれた。貧しいため、慰問袋の中に入れる品物を買えない少年が、宮城前の石を七つ入れて送る。決死隊に参加した兵士は、その石を持って決死隊で大活躍したが、三人は石を握りしめたまま、南京攻撃の華と散る。戦線と銃後の真心が、輝かしい武勲をあげるという物語である。

この三作品にテーマ音楽のように流れているものは、「海ゆかば 水漬《みづ》く屍《かばね》 山ゆかば 草むす屍 大君の辺にこそ死なめ かえりみはせじ」（『玉砕軍神部隊』の脚本にも書かれている）であり、聖戦のため命を捧げることの崇高さである。そのため、どんな苦難にもめげず、すべての国民が力を合わせて戦うことの必要性を、情に訴えている。

ところが、それをリアルに語ろうとすれば、「玉砕」などの戦争の悲惨さを書かなければならなくなり、どの作品も勇ましいが悲しい物語となっている。しかし、ぼくもこのような戦争美談によって洗脳され、聖戦を信じ、祖国と天皇のため命を捨てる覚悟の軍国少年に育ったのだ。やはり、影響は大きかった。

紙芝居を通して戦争を語る

今年の七月下旬、愛媛大学で戦争を通じて平和を学ぶ「平和学」の公開講座が開かれた。ぼくも講師として招かれ、学生対象（約百名参加）と、一般人対象（約六十名参加）の二回。「紙芝居を通して戦争と平和を考える」というテーマで話をした。

取り上げた戦中の作品は、『軍神の母』（真珠湾攻撃で戦死した軍人の物語）、『玉砕軍神部隊』、『七つの石』。戦後の作品は、『おかあさんの歌』、『白旗をかかげて』、『元従軍慰安婦、スボクさんの決心』などだった。

私語もなく熱心に話を聞き、大学生八十三名が感想文を寄せてくれた。多かったのは、「戦争の悲惨な状況が胸に迫り、紙芝居の訴える力のすごいことがよく分った」「子どもの頃に見せられ、国のために殉じるように教育されたら、喜んで戦争に行くようになるだろう」「あらためて、教育の力の恐ろしさを感じた」というものだった。

また「戦意高揚の紙芝居なのに、全員玉砕や、主人公の戦死など悲惨な物語になっていた」「母と子の愛情や、上官と部下の信頼関係が描かれていることが意外だった」「従軍慰安婦のことがよく分かり、人間として向き合うべきと思った」などの意見があった。

そして異口同音に、「戦争の恐ろしさ、命の大切さが伝わってきた。戦争を二度と起こさないため、もっとその真実を知り、平和について真剣に考えなければならない」と書いていた。

しかし、現在問題となっている「歴史教科書問題」「靖国参拝」などに触れている者はいなかった。八月に開かれた「戦争と平和資料展」(松山市)、「親子ピースセミナー」(今治市)、「全国紙芝居まつり　あしがら大会」でも実演をした。こうした活動がＮＨＫ全国放送で紹介され、反響を呼んだ。

紙芝居を武器に平和のために闘い続けたい

「教え子を再び戦場に送るな」を合言葉に、平和教育をしてきたことが今、無になろうとしている。戦争を知らない子どもたちが、この国の指導者になり、戦争のできる国にしようとしている。

「戦争体験は、戦争の認識にまで深化されることがなければ、戦争の嫌悪から戦争の肯定への転化を、容易に許すことになるであろう」と、私の恩師、故小川太郎先生は語った。

今こそ戦争の真実を語り伝え、平和を守り抜かなければならない。そのため、ぼくは紙芝居を武器としてどこへでも出かけ、老兵は死なず、平和のために闘い続けたいと決心している。

(「子どもの文化」二〇〇五年十二月号)

四月　七日

コンビニのない町、紙芝居の里。愛媛県の五十崎《イカザキ》へ『第一回手づくり紙芝居コンクール』の審査会へ行った。

桜が咲き、芽吹きの季節、おだやかな山々に囲まれ、清流の小田川に沿った道にある『りゅうぐう茶や』の紙芝居小屋。ここで七日と八日、宮野英也先生、片山真知子さんと応募作品一四六点（一般98点、ジュニア48点）を審査した。

4日の出来事　『平和絵本』「平和を作ろう！「絵本作家たちのアクション」」に参加。

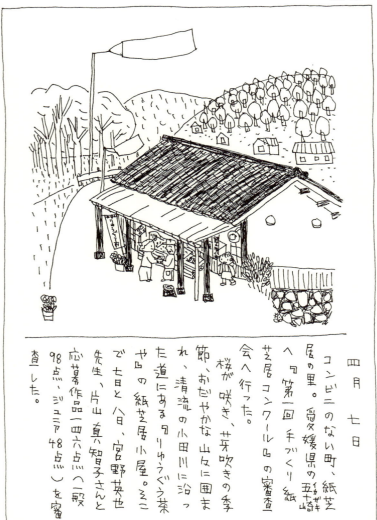

No. 30

一次を通った作品を実演していただき、五十崎らしい、自然を守り、自然と共に、ゆったりと生きる手づくりならではの「オリジナルでおもしろい作品」を規準に入選18作品を選んだ。

ラオスから今回、37作品の応募があり感激した。ミミズやヘビ、カエルそしてシャツやおばけの作品、生命力にあふれていて感動した。地元で養蜂の仕事をされている久保さんの『くまんばちのす』迫力だった。

・5月3日（緑の日）五十崎紙芝居まつり、「第一回手づくり紙芝居コンクール」本審査、表彰式を、りゅうぐう茶や紙芝居小屋でします。

二〇〇三年

八月 二十三日

第８回 全国紙芝居まつり
長岡大会に参加した。
山あいの蓬平温泉よもやま
館。「よう来なした」、「紙芝居」
の大きなたれ幕と、のぼり
が迎えてくれる。
恒例の『ひとこと紙芝居』
夜７時すぎから大広間に
超満員の大盛況の熱気。
愛媛の宮野英世さんは
『目の見えない犬』という
子どもが作った作品を淡
々と演じられた。目の見え
る観客に、子どもの素直な
言葉が胸にささる。

・第８回 全国紙芝居まつり長岡大会、全国から３０００人を越える参加者あり、大成功！・

・「カラテカライブ」新宿SPACE107で開催（８月27日）

（「絵芝居」絵芝居研究会 発行より）

第二章 ぼくとベトナムの三十年

五月十九日（二〇〇六年）、ホアさんの案内でハノイ市のリハビリ・教育施設「平和村」を初めて訪問した。ここはベトナム戦争中に米軍が散布した枯葉剤に起因すると考えられている障害を持つ孫の世代（二世代目）、あるいは三世代目の子どもたちがたくさん収容されている施設で、教育課長ハン先生（医師）に話を聞くと、現在も二世代、三世代への枯葉剤の影響が指摘され、ベトナム全土で八千万人超の人口の中、およそ百万人以上の人々が、いまなお枯葉剤による外的障害、遺伝疾患やがんなどの後遺障害に苦しんでいるというのだ。それなのに、これらの人々へのケア施設はわずか十二か所しかない。私は目の前の現実に触れて大きな衝撃を受けた。病室を見学すると、手足や顔の変形した子、身長が一メートルの女子中学生、無脳症と思われる赤ちゃんなどに出会い、言葉を失った。

（平和村のガーちゃん）より

宮野英也のベトナムとの三十年に及ぶ交流は、戦争犠牲者への鎮魂と平和への希求の旅であり、人間への尽きせぬ愛の巡礼であった。

第二章　ぼくとベトナムの三十年

1　ベトナムとのはじめての紙芝居交流

日本文化が共感を得る

（愛媛新聞　連載ベトナム紙芝居交流　1994年10月12日）

国内の絵本作家や編集者らでつくる「ベトナムの紙芝居普及を支援する会」（本部・東京都）の会員十人が先ごろ、同国の紙芝居フェスティバルなどに参加して教育・文化関係者らと親睦を深めた。県内から参加した伊予市米湊、愛媛子どもの文化研究会代表宮野英也さん（68）に、ベトナムでの交流の様子をリポートしてもらった。

「第一回紙芝居フェスティバル」は、八月一九日から三日間、ニャチャン市のハイ・エンホテルで開催された。会場は、色とりどりの民族衣装アオザイを着た女性、花を持ったかわいい幼稚園児で溢れ、結婚披露宴会場さながらの華やかさだった。日本の「ベトナムの紙芝居普及を支援する会」訪越団の私たちは、熱烈歓迎を受け、盛大な開会式が行われた。省知事をはじめとする行政、教育、芸術、マスコミ関係者約百人が集まった。

国立児童出版社、キムドン社のブー社長は「日本の支援する会から、一万五千ドルもの資金援助をいただき感動している。それで二十八巻の紙芝居を出版することができた。それを全国の幼稚園に無料配布することによって、紙芝居が全土に広がりつつある。今『ドラえもん』や『おしん』も大人気だが、日本の伝統芸術、紙芝居を、新しい文化としてベトナムに取り入れ、普及していきたい」と挨拶した。

続いて、二十点の紙芝居が、作家自身によって実演され、作品コンクールが行われた。翌日は、その作品を保母さんが実演し、表現技術を競うコンクールとなった。

私は、日本側の審査委員の一人として審査にあたった。ベトナムの有名な民話や、動物を主人公とするファンタジー、交通安全の話など、さまざまな作品があり面白かった。実演もそれぞれ紙芝居の特色を生かし、日本の水準に劣らない素晴らしいものだった。それで、順位をつけることをやめ、特別賞（対象を各二点他）、「支援する会賞」など、いろいろな賞を設けて、全員入賞とした。最終日の表彰式には、私たちの会が用意した賞品も贈り、めでたく閉会した。

この時、会場で歌われたのが「カミシバイの歌」だった。

だれもかれも
カミシバイ　大好き、
ふしぎなこと、

面白いことがおこる、

カミシバイ、　カミシバイ…

明るくリズミカルな歌声は、手拍子とともに会場にこだました。

こうして、世界のどこの国にもない、日本独自の文化「紙芝居」が、ベトナム語となって歌にうたわれ、児童文化が白紙の状態のベトナムに根づき、広がりつつあることを実感した。

紙芝居は、「演じる人」と「見る人」の心を結びつける文化である。それが純朴なベトナムの人々の共感を得ているように思われた。

ベトナム全土に普及・定着　日本側も心一つに競演

（愛媛新聞朝刊　1995年9月6日）

ベトナムの紙芝居活動のリーダーたちを招いた「第四回紙芝居まつり」が今夏、大阪府箕面市で開催された。まつりには、全国各地の紙芝居愛好家が参加。シンポジウムなどで、紙芝居の復活と普及の意義をかみしめた。一方、東京・港区では「ベトナムの紙芝居普及を支援する会」主催の紙芝居の集いも開かれた。都内では、ベトナムの児童文化を率いるキムドン社のグエン・タン・ブー社長が同国の紙芝居について報告した講演会もあった。三つの行事に参加した愛媛子どもの文化研究会代表の宮野英也さん（69）＝伊予市在住＝に、広がる紙芝居運動の現状を報告してもらった。

ベトナムは今年が戦後二十年。関西新空港とホーチミン市との間に直行便も開設され、日本とも近い国になった。最近ベトナムに行く日本人は、一か月約三千人にものぼり、観光と仕事が半数ずつぐらいだという。

私は昨年八月、「ベトナムの紙芝居普及を支援する会」の一員として、同国の紙芝居フェスティバルに出席し、各地を回り、「カミシバイ」がベトナム語となって、全土に広がり定着しつつある様子を見学してきた。

そして今年は同会で、ベトナムの紙芝居関係者四人を日本に招待し、交流の集いを持つことになったのである。

七月十九日午後、ベトナムの紙芝居運動の火つけ役グエン・タン・ブー氏（キムドン社社長）の講演会が開かれた。同氏は「ベトナムの児童出版状況と児童文化」について、「ベトナムのドイモイ政策の推進によって、出版社も独立採算制となり苦しい時期もあったが、現在は児童図書二千万部を出版。その約半分は『ドラえもん』などの漫画である。絵本・紙芝居作家まついのりこ氏らの指導と、支援する会の資金援助により、紙芝居は二年間で三十点出版し、幼稚園などに寄贈。また、原価の半分の一ドル、小型の家庭版は五十セントで販売しているので、全土に普及し定着しつつある。今後は日本の児童文学も出版し、両国の文化交流と平和友好に役立てたい」と語った。

その後、歓迎レセプションがあり、支援する会代表の村松金治氏（童心社会長）はじめ、まつい氏、愛媛県出身の古田足日氏、長野ヒデ子氏など児童文学、紙芝居関係者らの多数出席のもと、紙芝居使節団を熱烈歓迎した。

　翌七月二十日午後は、クレヨンハウスで「ベトナム紙芝居交流の集い」が開催された。ブー氏ほか三人が、いつものさわやかなベトナムスマイルで登場。私はこの笑顔（ベトナムスマイル）にベトナム人の純粋さ、やさしさ、強さを感じ、心が洗われるような清々しい気持ちになった。ブイ・ドク・リエン氏が『のんびり坊や』（ベトナムの代表的民話）、ブイ・ビク・ホン氏（女性）が『ひよこちゃん』などの自作を美しいベトナム語で実演し、それをドアン・ゴク・カイン氏が巧みな日本語で通訳した。また日本側も『ぶたのいつつご』などを競演した。みんな見事な作品であり熱演だった。感動の拍手が鳴りやまず、ベトナム人も日本人もなく、紙芝居を愛し、人生の喜びを共感できる同じ人間として、参会者の心が一つに結ばれた。

　これが紙芝居の魅力であり、真の国際文化交流なのだと私は思った。

　日本独自の文化である紙芝居は、海を渡って他の国ラオス、フランスなどでも出版されるようになり、広がりつつある。

2 ベトナム・紙芝居・心の旅路

ハノイで暮らした十日間――活気づくハノイ

私は、一九九四年から三回、紙芝居交流の訪越団員としてベトナム各地を回った。帰国してからも、松山市在住のベトナム人と交流を深めている。そこで今年は、親睦を深めたベトナムの友人や子ども、そして懐かしい風物と再会する自由な旅を計画した。弟と二人で四月一日から三週間の訪越だ。

まず、思い出の深い首都ハノイで、十日間滞在することにした。

元留学生の大学教師フェンさんのお世話で、ハノイ大学工学部の近くの留学生アパートに宿泊。一泊十ドル。ここには、日本の留学生や、日本語講師も数名いた。みんなベトナム大好き人間のようだった。その人たちと屋台に行き、ベトナム料理でビールを飲みながら、現地の実情を聞き、話し合った。また私は、フェンさんのバイクに同乗し走り回り、おまけにフェンさんの通訳案内で何でもどこでも見学した。

うさぎ小屋のような家が建ち並ぶ街の道路はバイクの洪水で、道を歩いて横断することがむずかしい。子どもたちの登下校は、親がバイクに何人も乗せて送り迎えをしているようだ。

ドイモイ政策の進展につれて、町に商品が溢れ、働く人の姿も活気に満ちていた。カラオケ、ディスコなども多くなっていたが、貧富の差も大きくなっているようだった。

フェンさんの家に招待され、元留学生の男女四人との再会を喜びあった。また我が家によく遊びに来ていたハーちゃんとも再会した。ハーちゃんは帰国して四年経ち、五年生の少女に成長していた。しかしあんなにペラペラだった日本語を忘れ、話が通じないのが残念だった。

またアパートの前の広場で物売りをしている子どもたちとも親しくなり、ボールや紙風船や、折り紙などをプレゼントした。子どもたちは、よく遊び、よく働き、よく食べた。私は、あの「おしん」の時代の子どもたちの姿にイメージを重ねてベトナムの子どもたちを見た。貧しいけれども瞳を輝かせ、明るい笑顔の、野性的な姿は、頼もしいアジアの未来を予感させる。

外国語大学で紙芝居の授業

毎回お世話になっているキムドン社を三回訪問し、そのたびごとに親睦を深めた。懐かしい紙芝居作家や、社員の方たちから暖かい歓迎を受けた。

ハノイ外国語大学日本語科の女性教師Sさんの招きで、同科の学生に、「紙芝居」の授業をすることになった。四月九日、キムドン社の車で郊外の同大学へ。同社勤務の紙芝居作家で友人のホンさんが紙芝居を持参して、私のアシスタントを務めてくれた。教室には、約七十名の学生（大部分が女子）が集まり、廊下まであふれた。

授業では、まず、「紙芝居を見たことがあるか」をベトナム人の男性教師の通訳で学生たちに質問すると、誰も見たことがないとの返事だった。

そこで、紙芝居の特性、演じ方などを話し、まず私が紙芝居を実演した。作品は、子どもの手作り紙芝居『ふたりの兄弟』（ベトナムの民話、ハーチャン／作）、私の昔の作品『びりじゃないの』と『天人のはごろも』を実演し、続いてホンさんが、『おおきくおおきくおおきくなあれ』をベトナム語で実演し、お手本を示した。

学生たちは、目を輝かせて視聴し、子どものように歓声をあげ、無邪気の喜色にあふれて教室は和んだ。その後、持参したベトナム人作家の紙芝居を、学生たちに自由に見てもらってから、グループに分かれて練習させ、最後は希望者に実演してもらった。歌や芝居の好きなお国柄だけあって、初めてにしては上手に楽しく実演した。

彼女らは、つつましやかだが、話し始めると活発に発言をする。熱い向上心を持つベトナムの女子学生たちは、日本への留学の夢などを口々に語ってくれた。そして彼女たちのさわやかな微笑は、日本では見られなくなってきた純朴さ、優しさ、心の豊かさの表れだろうし……最大の魅力だという思いがした。

フエ・ホイアン・ニャチャンへの旅

四月十二日、ハノイに別れを告げ、一般寝台車でフエに行く。所要時間は約十六時間。客室は三段ベッドで二列。乗客はベトナム人ばかり。寝台車にはカーテンがないので、向かい側は丸見えである。私の向かいの大きな荷物をかついだ娘さんが、さっと私の席に渡ってきて、寝台車備え付けの毛布や枕にシーツやカバーをかけ、ベッドメイクを手伝ってくれた。ベトナムは老人を大切にする国ということもあるが、席さえ譲らない日本では考えられない親切さである。

古都フエを訪れたのは二度目。フォン川のほとりには、王宮、寺院、皇帝廟などが点在する。街の喧騒から隔離された静かな田舎町である。フエ王宮は廃墟みたいになっているのに、入場料五ドル（七万ドン）とは高い。ここでは少し閉口したが、それでもこの町に二泊し、弟と二人で裏町まで精力的に歩き回った。さまざまな暮らし、さまざまな人間が見えるのが面白かった。しかし、両手や両足のない子どもたちが、物乞いしている姿には胸が痛んだ。

四月十五日。日本人町のあったホイアンにバスで行き、観光しながら一泊。

四月十六日、朝。ホイアンからニャチャンまでバス周遊。所要時間、約十四時間。バスの旅は、通過する地域の風景や人間の動きなどがよく見え、興味深い。今回は、ニャチャンに着くまでに、日本の昔の稲作り、牛（水牛）を使って田起こし、籾まき、田植えから稲刈り、脱穀までの手作業の全過程を一日で見ることができた。……これは、ベトナムは四季がなく、また一枚の圃場が小さく、農家ごとバラバラの品種を別々の日に、田植えや収穫の作業を行うのだ。だから圃場《ほじょう》（作物を栽培する田畑）ごとの作業の時期が異なっているので、〝全過程を一日で見られた〟というわけだ。

風光明媚なビーチや島々があるニャチャンは、南仏ニースを思わせる静かなリゾート地。ここに二泊し、思い出の地を巡り歩いた。

「紙芝居フェスティバル」の開かれたハイ・エンホテルにも行った。七年前、ここは美しいアオザイの女性、花を持ったかわいい幼稚園児、行政、芸術、マスコミ関係者百余名であふれ、結婚式披露宴会場さながらの華やかさだったことが、まざまざと甦ってきた。

今は何もない平凡なホテルで、白髪の老人の私が一人立っているだけだった。ベトナムにも亀を助けた民話があるが、私は、夢、まぼろしの竜宮城に再び佇む浦島太郎のように、楽しかった思い出にしばしまどろんだ。

クチトンネルの戦士と共に

四月十八日、飛行機でホーチミン市に入り、親友の『のんびり坊や』の作者、リエンさんに再会する。弟の知人の大学教師Mさんに通訳を頼み、リエンさんの案内で三度目になるクチトンネルの見学に行った。そして、現地で同氏の戦争体験を聞いた。

彼は、一九六八年、ベトナム戦争が最も激しかった頃、ベトナム解放軍戦士として、ホーチミンルートを三か月かかって南下し、クチトンネルに辿り着いた。ここはベトナム戦争の激闘を象徴した遺構《いこう》である。

そして、南ベトナム民族解放戦線の仲間と共に、この地やメコンデルタで十一年間戦い続けた。一九七五年四月三十日、サイゴン陥落の夕刻、首都に進軍した。この日のことは、涙を流し続けたとだけ、言葉少なに語った。クチのゲリラ戦の中で、十四歳の少女と出会い、愛し合うようになったが、結婚できたのは、解放後十年経ってからのことだったという。

クチトンネルでは、観光用の入り口から、私の手を引いて案内してくれた。狭い迷路のような地下道は、二百キロメートルも延々と続いているという。このトンネルには、ベトナム人民の不屈の闘志が込められていた。

ジャングルの中には、爆撃の跡の凹地が今も残り、落ち葉でカモフラージュされた蓋を開けると、トンネルの小さな出入り口になっていた。そして、廃墟となった米軍の戦車やヘリコプターが、亜熱帯の陽光にさらされていた。

近くに、荘厳な「烈士の廟」が新しく建てられていた。中に入るとベトナム独立戦争の戦死者の氏名が、三方の壁にびっしりと刻み込まれてた。その数は、数百万はあるだろう。人間の名前は、その人がどう生き、どのように死んだかという人生ドラマの、最も短いタイトルである。私は無数の戦死者の名前の重みに耐えかね、息が苦しくなり、涙があふれた。そして、クチトンネルの戦士リエンさんの手を握りしめ、頭を下げた。

ベトナムは、〝戦争とは〟〝平和とは〟〝人間とは〟の原点を、今も発信し続けている。

3 ベトナムの少女ズオン・ゴク・ハーちゃんへ

ハーちゃん初めての日本へ来たころ

もうすぐテト（旧正月）になりますが、ハーちゃんお元気ですか？ ハーちゃんがベトナムへ帰国してから、はや四年余りになり、もう中学生ですね。アオザイの白い制服のよく似合うかわいい少女になっていることでしょう。

ハーちゃんに初めて会ったのは、ハーちゃんが日本へ来て、小学校へ入学した年の夏休みでしたね。ぼくがさそったら、お友だちの三年生のチャンちゃんと二人でホームステイのように、ぼくの家に泊まりに来てくれたね。ぼくは孫ができたようにうれしくて、二日間いっしょに暮らしましたが、驚くことばかりでした。

来日してまだ四か月しかたっていないのに日本語が上手に話せること、もうひらがなの本が読めるし、読書が好きで家庭文庫の絵本を何冊も読んだことでした。それに、とてもしっかりしていて、炊事などのお手伝いを進んでしてくれたことなどでした。

そして、いろいろなことをして楽しみましたね。近所の女の子二人といっしょに、五色浜で泳いだり、日本の子どもと、おにごっこや、かくれんぼをしたりして遊びました。かくれんぼの時、ぼくが見つからないように、鬼のじゃまをしてくれたことを今も思い出します。

団地で夕食の焼肉パーティーをした時、日本の子どもは手伝いをしないのに、ハーちゃんとチャンちゃんは「させてください」と言って、おにぎりを作り、野菜きざみまでしてくれましたね。日本人の大人たちは感心していました。食後には、ベトナムの紙芝居を見てもらうことになり、ぼくが『のんびりぼうや』などを演じ、ハーちゃんは『太陽はどこからでるの』を日本語で実演して、みんなにほめられましたね。

秋に愛媛大学で「作文の会　四十周年記念大会」があり、ぼくが研究発表をした時、ハーちゃんとチャンちゃんに作文を読んでもらいました。大学の先生や学生たちは、世界でもむずかしいといわれる日本語の作文を、外国人の一年生が上手に書いていることに感動していました。

それから三年間、二人をいろいろなところへ連れていって、ベトナムの紙芝居の実演を中心とする交流に参加してもらいましたね。

山村でのホタルまつり。漁村でのお楽しみ会。毎年開かれる子どもの文化研究会の集会や、えひめ国際まつり。松山市ボランティアの集い、ぼくが各地で開くベトナムとの交流会。

このようなイベントの時、いつもベトナムの留学生とその家族を招きました。愛媛大学には留学生が七、八名とその家族がおり、リリーちゃん、アンちゃんという女の子もやって来ましたね。そして、どの会でもベトナムの紙芝居の実演をとりいれ、ハーちゃんたちにもやってもらいました。ハーちゃんには、手作り紙芝居コンクールにも応募してもらい、見事に入選しましたね。

こうして、愛媛県では紙芝居を通して、日本とベトナムの交流と友好親善が広まっていったのですね。

ハーちゃんとの思い出

ハーちゃんが帰国してから一年余りして、ぼくは弟と二人でハノイへ行きましたね。あれは、ハーちゃんや、チャンちゃん、リエンさんと会うためだったのです。すぐハーちゃんの家に招待され、お母さんの手作りのおいしいベトナム料理を頂きましたね。ハーちゃんに妹が生まれ、お姉さんらしくなっていたけれど、日本語が少ししゃべりにくくなっているように思いました。

それから、大学教師のお父さんのお世話で留学生アパートに泊まり、十日間ハノイを歩き回りました。バイクの洪水の道を横断するのが怖かったけれど、左右を見ながらゆっくり、堂々と歩くとよけてくれることがありました。旧市街の街並が面白いので、一人で行った迷路のような道で迷子になり、帰れなくなりそうになったこともあります。ハーちゃんとぼくが、いっしょにお父さんのバイクに乗せてもらい、美しい湖や名所を案内してもらったことも、よい思い出になっています。また、外国語大学で日本語科の学生に紙芝居の授業をさせてもらったこと、ハーちゃんのクラブ活動の音楽の授業を見学させてもらったことが、大へん勉強になりました。

ベトナム戦争のこと

ベトナムを旅していると、新しく植林したような、小さな木が生えているところがありました。戦後二十九年にして、枯れ葉剤をまかれた山がようやく緑を取り戻したのだそうです。ぼくも今は戦争にこだわり続け、ベトナムの人たちから、その真実を聞くようにしています。

チャンちゃんのお母さんのハンさんからは、次のような話をしてもらいました。

「私が四歳の時、北爆が始まった。おばあさんとハノイ郊外の農村に疎開した。田舎は初めてだったから、最初はきょろきょろ。面白かった。でも、電気もない。両親もいない。時々父母に会いに行くのが楽しみだった。長い長い戦争が続いた」

「忘れられないのは、空いっぱいB52の空襲。街は穴だらけ。街路樹の葉がきれいさっぱりなくなって、あっちこっちに人がいっぱい倒れていたこと。そして、大好きだった兄が戦死し、追悼に父が美しい詩を書いたこと……」

「サイゴン陥落をラジオで聞いた時、心の中で叫んだ。これからは、勉強も読書も音楽も、編み物も、スポーツも、もっともっとできるんだーって！」

ぼくが戦友のように思っている紙芝居作家のリエンさんは、クチトンネルで十一年間も戦い続けました。そして、

「一九七五年四月三十日、戦車を先頭にサイゴンに突入した。私は涙があふれて止まらなかった。これで戦争が終わったら、思う存分好きな絵が描けると思った。」（紙芝居『象牙の櫛』解説文）

と、同じようなことを言葉少なく語ってくれました。でもね、

「クチでのゲリラ戦の中で、魅力的な十四歳の少女と出会い、愛しあうようになり、十年後結婚した」

というロマンスも話してくれました。

ぼくもね、十九歳で学徒兵となり、アメリカ軍の猛爆撃の中で戦ったことがあるのです。また、ふとん爆弾を背中に背負って、戦車の前にとびこむ「自爆テロ」のような訓練さえ受けていたんですよ。だから、空襲のすさまじさもよくわかります。リエンさんたちが、どんな目にあいながら不屈の戦いを続けたかよくわかり、心が通じあうのです。リエンさんは、その体験をもとにして、戦死した父とその娘の心の交流を描いた『象牙の櫛』という紙芝居を出版し、ぼくも持っています。

子どもの本では、少年少女のゲリラ隊の戦いを書いた『ツバメ飛ぶ』という作品が出版されています。ハーちゃんも中学生だから、この二つの作品を通して、ベトナム戦争とは何だったのかを考えてみてください。

帰っておいで、日本へ

ぼくが「ベトナムの紙芝居普及を支援する会」の一員として、第一回紙芝居フェスティバルに参加するため、初めてベトナムに行ってから十年がたちました。それからも四回渡越し、交流を深めるうちにベトナムにハマり、半分ベトナム人のようになり、愛媛でも草の根的な交流を続けています。

一昨年は、「ベトナム戦争・〝枯れ葉剤〟被害・障害児童への救援のためのコンサート」が今治市で開かれた時、ベトナムの人を招待し、楽団員の方々と交流しました。

ハーちゃん、だんだんむずかしい手紙になりましたが、二十一世紀はアジアの時代、ベトナムの時代です。チャンちゃん、アンちゃんは高校生となり、そのまま日本に残って国立大学に留学したいようです。

ぼくは日本のおじいちゃんとして、ベトナムの子どもたちを応援してきました。ハーちゃんも、また日本に帰って、お父さんのいた愛媛大学に留学してもらいたいと願っています。

日本のおじいちゃんより

4　ベトナムの子どもとの交流で考えたこと

今熱い視線を浴びる国、ベトナム

私は、一九九四年「ベトナムの紙芝居普及を支援する会」の一員として、「第一回紙芝居フェスティバル」に参加し、共通の文化となった紙芝居を通して感動的な交流を経験した。それ以来、7回訪越した。又、松山でも、ベトナムの留学生やその子どもたちと、紙芝居を活用して、草の根的な交流を続けている。

二〇〇六年～〇七年にかけて、ベトナムの教育施設を訪問し、子どもたちと交流しあえたので、その時の様子や印象を述べてみたい。

二〇〇六年の教育施設訪問―少年宮での交流

二〇〇六年五月十四日、関西空港からハノイへ向かった。元NHK松山局のアナウンサー加藤澄子さん、紙芝居実演家新屋エミ子さんと三人で、九日間の紙芝居実演行脚が目的。全行程に付き添い、通訳をしていただいたのは、ホ・ホアン・ホアさん。国立社会人文科学センター日本文化言語部長などの要職につき、日・韓・中・英の五ヵ国語が話せる才媛である。また、早稲田大学に留学していたファン・ティ・スコン・マイさんにもお世話になった。

関西空港から直行便で五時間半、ハノイに到着。午後にはハノイの少年文化宮へ。この少年文化宮は一九五五年に創立された五階建ての近代的な施設で、青少年のためのスポーツ、美術、語学などあらゆる文化活動を行っている。その日も日曜日とあって、親子連れがたくさん集まって賑わっていた。

さっそく私たちは、日本語クラブに案内され、中学生約三十名が笑顔で出迎えてくれた。青年海外協力隊としてハノイに来ている永井亜紀子さん（東京都小学校教師）ほか二名の協力を得ながら、私たちは紙芝居実演を披露した。『ニャーオン』、『よいしょよいしょ』、『したきりすずめ』をベトナムの女性が演じ、手作り紙芝居『目の見えない犬』を私が実演した。私たちの実演を、ベトナムの中学生たちは、日本の幼児と同じように目を輝かせて、無邪気に見てくれた。

幼稚園の子どもたち

ベトナム戦争の時代、女性労働力の確保という時代の要請を受けて、とりわけ保育園の量的拡充が必要とされていた。しかし一九七六年七月二日にベトナムは南北統一を果たし、現在のベトナム社会主義共和国が成立した。幼児教育はベトナム社会主義国に引き継がれ、ドイモイ政策のなかで、「教育の社会化」が進められている。そして教育熱は社会全体にも広がりつつあり「子育て・教育を社会全体で担う」という意識はベトナム人に深く浸透している。

私たちが訪問したベトナムのある村の幼稚園は、倉庫を改造したような建物があるだけの託児所のような施設だった。

この園での紙芝居実演は、子どもの年齢に応じ、それぞれが得意とする技芸を演目に加えて披露した。新屋さんは自作のパネルシアターと紙芝居。加藤さんはてぶくろ人形で『からすのあかちゃん』と紙芝居で『したきりすずめ』などを実演。私は『目の見えない犬』（愛媛子どもの文化研究会紙芝居コンクール入選作。童話や映画にもなった）を実演した。

私の実演した紙芝居『目の見えない犬』は、目の見えない捨て犬〈ダン〉が主人公の物語で、実演の後「ダンは、みんなにかわいがられながら、今も生きているよ」と子どもたちに言うと、ピアスやアクセサリーを身に付けた、幾人もの子どもが「えさを送ってあげたい」と声をあげたのが印象的だった。話は少しそれるが、ベトナムの女性は赤ちゃんからお年寄りまでピアスやネックレスなど、装飾品を付けている。また、ピアスをした小さい男の子も多数見かけた。そして、ベトナムの結婚儀式（日本では結納）には、男性からピアスやネックレス、ブレスレットなどを贈るそうだが、これは離婚や死別などをしても〝一生、食やお金に困らないように〟と言う願いが込められているそうだ。私が実演した『目の見えない犬』を見た子どもたちが「えさを送ってあげたい」とあげた声は、もしかしたらベトナムの人々に根付いている「願い」なのか……とも思った。

小学校の授業見学

五月十五日（二〇〇六年）「ハイフォンキムドン小学校」、十八日「ダンタオウ村タアムーミン小学校」を訪問。

ハイフォンは静かな港町。街路樹には火炎樹が植えられて、今を盛りと燃えるように赤く美しく咲き誇っていた。

キムドン小学校の校門には、すでに子どもたちが待っていて、到着した私たちを見つけると、すぐに押し寄せ、Ｖサインで熱烈歓迎。英語で氏名を聞いてきたり、握手を求めてきたりの大騒ぎ。子どもたちのまぶしく輝く笑顔と、底抜けの明るさのパワーに圧倒されてしまった。

校舎に入り最初に、盛大な歓迎行事が行われた。美しい衣装の少女たちの歌や踊り、ピアノ演奏など、まるでテレビの芸能番組のようだった。

私たちは、まず『カミシバイの歌』（ベトナム語と日本語）の歌唱指導を行い、続いて、紙芝居やパネルシアターなどを実演した。高学年の約五十名の子どもたちは、熱心に視聴し、共感してくれた。

「平和村」のガーちゃん

五月十九日（二〇〇六年）、ホアさんの案内でハノイ市のリハビリ・教育施設「平和村」を初めて訪問した。ここはベトナム戦争中に米軍が散布した枯葉剤に起因すると考えられている障害を持つ子どもの世代（二世代目）、あるいは三世代目の孫たちがたくさん収容されている施設で、教育課長ハン先生（医師）に話を聞くと、現在も二世代、三世代への枯れ葉剤の影響が指摘され、ベトナム全土で八千万人超の人口の中、およそ百万人以上の人々が、今なお枯れ葉剤による外形的障害、遺伝疾患やがんなどの後遺障害に苦しんでいるというのだ。それなのに、これらの人々へのケア施設はわずか十二か所しかない。私は目の前の現実に触れて大きな衝撃を受けた。

病室を見学すると、手足や顔の変形した子、身長一メートルの女子中学生、無脳症と思われる赤ちゃんなどに出会い、言葉を失った。

集会室で、比較的元気な子どもたち約三十名と交流した。集まった子どもたち全員で『大きな古時計』を日本語で歌ってくれた。また、全身にヒョウのようなアザがある美少女ガーちゃんが、

『ちょうちょ』を独唱してくれた。ガーちゃんの父親は北ベトナム軍の兵士で、最大の激戦地だったクアンチの攻防戦に加わり、枯れ葉剤を大量に浴びた一人だった。戦後結婚して生まれた一男四女のうちの末娘がガーちゃん。長姉も脳性麻痺左半身不随を患っていて、枯れ葉剤の影響を受けたとみられている。

私たちは、「平和村」の子どもたちのために紙芝居の実演を行った。そして、日本の絵はがきや、お菓子、牛乳などを贈った。最後に新屋さんのリードで、子どもたちといっしょに「平和の歌」（ベトナム語）を歌ってお別れした。

再びガーちゃんと会う

二〇〇七年三月十二日、私は永井亜紀子さんの案内で再び平和村を訪れた時に、私たちに『ちょうちょ』を歌って歓迎してくれたガーちゃんを探したが、見当たらなかった。会えずに帰ることになるかと、がっかりしていると、自転車に乗った女学生が颯爽と風をきってこちらに向かってきた。それは、あのガーちゃんだった。今は元気に高校に通っているという。そして私のことを覚えていてくれて、私はすっかりうれしくなって、カレンダーやら絵はがきやらプレゼントを手渡しながら、ガーちゃんと一緒に写真を撮ったりもした。ガーちゃんは私のことも忘れずにいてくれた。しかし、何よりも私を喜ばせたのは、ガーちゃんが今、医師を目指して勉強に励んでいると凛として語った決意だった。

ベトナムから学ぶ

日本は戦後六十二年経つ。ベトナムでも三十二年経つ。戦争は遠い昔となり、生活は豊かになった。しかし、重い後遺症は続いている。

ドイモイの改革、開放政策が進む中で、今まで書くことができなかった戦争の真実を描く文学が生まれている。

児童文学『ツバメ飛ぶ』（グエン・チー・ファン著、加藤栄訳、てらいんく刊）は、ベトナム戦争が激しさを増したころ、家族全員を殺された一四歳の少女クイが、サイゴン政権側の要人を暗殺する子どものゲリラ組織「ツバメ隊」に入り、惨殺された兄や姉の恨みを晴らす物語である。（クイも捕らえられ、拷問を受け、子どもが産めない体になる。しかし、戦争は終わり大人になったクイは、戦時中の拷問による後遺症に苦しんで眠れない夜を過ごしつつ、自らが手を下した旧敵の遺族の生活に心を寄せる。人は人をどこまで恨み、どこまで許せるのかを読者に問いかける作品。この著は、一九九〇年ベトナム作家協会賞を受賞している。

『戦争の悲しみ』（バオ・ニン著、井上一久訳、めるくまーる社刊）の作者バオ・ニンは、国際的な評価を得て、ドイモイ文学の代表的な作家であるが、この著の物語は、作者にも重なる経歴を持つ主人公キエンの、ベトナム戦争従軍時の壮烈な戦闘場面や悲惨な体験と、戦後の生活のエピソードを断片的に織り込みながら、戦争によって人生を奪われた若者たちの無念の気持ちを描いている。

ここに紹介した作品どちらにも「正義が勝った。しかし、勝利のために最も心優しく、勇敢で、品性の優れた価値ある人々が、拷問され、殺害され、精神を破壊された。戦争が、人々の心に刻んだ傷跡はいつまでも消えることはないだろう。だからこそ、私たちの苦しい体験を次の世代に伝えたい」と語っている。

私は、ベトナムを見つめ、現実を考えることによって、日本の戦争の歴史と戦争体験の意味をとらえ直し、戦争それ自体がはらむ、非人間性、悲惨さ、残酷さ、そして何よりも戦争が無意味な行為だということを、今ほどしっかりと伝えていかなければならないと思う。

今こそ日本の現実を見つめ直し、真の平和への道を歩まねばならないと考えている。

（「子どもの文化」二〇〇八年一〇月号）

5　ブイ・ドク・リエンさんたちからベトナム戦争の体験を聞く

草の根交流の中で

昨年、日本で出版された紙芝居『たいせつなうちわ』（注1）（童心社）の作者であるベトナムの画家ブイ・ドク・リエンさんを訪ねた。この三月、私は八度目のベトナムの土を踏んだのだが、今回は、リエンさんを訪ねた。それは、リエンさんの戦争体験を中心に本にまとめたいという目的の訪越である。またリエンさんとは五年ぶりの再会であるが、絶えず手紙のやりとりをしているので、私には心の友的な存在なのである。

リエンさんは、ベトナム戦争で解放軍の兵士として、七年間もクチトンネルで戦い、奇跡的に生き残った経歴をもっている。

三月二十四日の午後、タクシーでリエンさん宅へ。案内してくれたのは、ベトナム人の通訳アウさん。日本人向けのカラオケクラブのオーナーだけあって、流暢な日本語を話す。リエンさんの家は、ホーチミン市郊外の住宅地にあった。家族全員で出迎えてくれ、再会を喜びあい、みんなに紹介された。応接室には、児童図書、紙芝居、写真などが、きれいに展示されていた。

事前に、私の書いた戦争体験『空と海を血にそめて』（童心社・共著）他を送り、質問事項を書いていたので、リエンさんはベトナム戦争の体験を語ってくれた。

（注1）：ブイ・ドク・リエンさん脚本・絵の作品『たいせつなうちわ』は、リエンさんの作品『のんびりぼうや』を改称し、二〇〇七年に童心社から刊行された紙芝居。現在も販売している。

解放軍の過酷な戦い――「リエンさんの話」

「私は、美術学校を卒業し、一九六五年解放軍の兵士として、三か月かかって南の戦場に着いた。それは、本当に苦難の旅だった。亡くなった者もあった。私も高熱を出し、数か月陸軍病院で治療を受けた。それから、東南ベトナム、メコンデルタなどで戦った。ジャングルに潜んだり、川の中に体を隠したりしながら、極めて激しい戦いを続けた。一九六八年から二年間、クチトンネルに行ったが、B52の猛爆撃を受けた。夜になるとクチトンネルを出て、いろいろなゲリラ戦術で戦った。ある時は、三百名のアメリカ兵が攻めてきたが、周りを取り囲んで叩き、全滅させたこともある。

一九六九年、私の部隊はクローン川を渡って、戦場に着いた。ここで、十四歳の女性兵士だった今の妻に出会った。彼女は、南ベトナム出身でバンコン一座のダンサーだった。我々は、激しい戦闘の後には、休養と傷の治療のために野戦地に帰る。そこで彼女の一座は、ダンスや歌などの公演をしてくれた。しかし、戦争は非常に激しく苛酷だった。ダンサーたちも、我々といっしょに勇敢に戦い続けた。爆薬を身につけ自爆した女性もいた。敵に捕まり人質にされた者もいた。

我々は雨期に作戦を行う時、三、四人が一つの船に乗って行動した。それで同じ部隊でもなかなか連絡がとれなかった。彼女も各地を転戦していたので、めったに会うことができなかった。それでも、一九七一年頃から互いに愛し合うようになった。そして、戦後の一九七七年にやっと結婚することができた。でも、結婚衣装を着ず、写真も撮らないシンプルなものだった。けれども、戦争の困難な時期なのに、数百通の手紙を交わすことができた。それを今でも持っている。非常に大切な記録ではないかと思って大切にしている。

一九七五年四月三十日（解放・勝利の日）の夕方、私たち部隊は、解放軍としてサイゴン市内に入った。私は、涙がいつまでも流れるのを止めることはできなかった。長かった戦争は終わった。好きなことができると思った。

戦後、大学に復学することを許され、芸術の研究をすることができた。その後、キムドン社に入社し、絵や紙芝居を描いてきた。

私は、陸軍少尉の名誉称号を受けた。妻は、一九九二年まで軍隊に留まり、陸軍少佐になって退官した。私よりだいぶ階級が上である。先年、私と同じ部隊にいた者が、四十一周年記念に集まったが、生存者は少なかった。たぶん七〜八％にすぎないだろう。

私は戦争中、暇をみて、遊んでいる子どもの似顔絵を描いてきた。戦後、何年か経ってから、その子どもに会うために、その部落に行って探したが、ほとんど見つけることができなかった。戦争で死んだ子どもが多かったのではないかと思われる。」

＊　＊

リエンさんの話の途中に、元解放軍の兵士だった友人が三名来た。

そこで、部隊長だったウェンさんを中心に話を聞いた。

「私は、戦争が嫌いだった。したくなかった。ベトナム人は、みんなそうだった。でも、アメリカが侵略してきたから戦った。自由と独立を守るために。戦争はたくさんの人が死ぬ。誰でも殺される。家族が殺されるのが一番辛い。私の部隊は三五〇〇人位いた。しかし生き残ったのは一〇〇人位だった。

戦争は人が死ぬだけだ。戦争に勝つ人はいない。過去のことは忘れて、アメリカとも、どの国とも仲良くしたい。もう二度と戦争はしたくない。」

具体的な戦争体験は語らない

私は、アメリカ軍がどんな最新兵器を使って、どのような攻撃をしたのか、それに対して解放軍や人民がどのようにゲリラ戦を展開したのかを体験者の生の声として聞きたいので、いろいろ質問した。しかし、前述のような抽象的な答しか返ってこなかった。

そこで、リエンさんが奥さんに聞くと、やや具体的に話してくれた。また、戦争児童文学として、『ツバメ飛ぶ』（グエン・チー・ファン著、てらいんく刊）が出版されている。子どものゲリラ組織の少女が、家族を殺した裏切り者たちを暗殺する物語である。こんなことも、現実にあったのかと聞いてみたが、そんなこともあったかもしれないと言うだけで、語りたくない様子だった。

日本では、戦争体験者は、戦争の悲惨さや被害の大きさを語るが、ベトナム人は具体的なことを語らないと気がついた。なぜなのだろうか…。同じ民族が敵味方に分かれて戦ったベトナム戦争の残虐さだからこそ、語らないのではなく、語りたくないのだという一面があるのだろうか……。まさに筆舌に尽くせない非人間的な悲惨さ、苛酷さを目撃し、体験しているからではないだろうか。私も学徒兵として、呉軍港や熊本市で、米軍猛攻撃や機銃掃討を受けた体験を話したが、それはぬくぬくとした痛ましさにすぎないことを思いしらされた。

最後に、リエンさんが突然立ち上がり、紙芝居『二度と』（脚本・絵　松井エイコ、童心社刊）をベトナム語で実演した。その後、夕食をともにしながら、原爆のこと、イラク戦争のこと、平和な世界にするには何ができるかなどを語り合った。

幼稚園で自作のいじめの紙芝居を

三月二六日、リエンさん夫婦と通訳の方と私の四人で、リエンさんの孫娘が通っている幼稚園を訪問した。年長組クラスの保育者が、ベトナムの紙芝居を演じる様子を見学した。保育者は舞台の側に立って幼児たちの反応を見ながら問答を交えつつ見事な実演だった。ここでは日ごろから紙芝居を活用していることがよくわかった。

私も自作の紙芝居『どうしていじめるの？』を実演した。幼児には難しい内容ではないかと心配したが、わかりやすく通訳してもらい、物語にベトナムの子どもも出てくるので、子どもたちは熱心に見てくれた。実演の後に、私から子どもたちに「いじめたことや、いじめられたことのある人は手を上げて」と聞いてみると、一人もいなかった。

続いて『したきりすずめ』と『目の見えない犬』を実演し、リエンさんも『たいせつなうちわ』を実演した。

五年でホーチミンは日本の大都市とそっくりになり、高層マンション、スーパー、ゲームセンター、茶髪が増え、川や湖に魚影が見られなくなった印象を強く持った旅だった。

草の根の交流を深めたい

お別れの時、私にベトナムの従軍章が与えられた。これで私も、リエンさんと異国の戦友になり、ベトナムが第二の故郷になったと感謝したい。

帰国するとすぐ、ベトナム大使館の秘書官が来訪し、グエン・フ・ビン駐日大使からの贈呈品、沖縄産の桜の木を植樹して下さった。思いもよらぬことなので恐縮している。

来年二月上旬には、リエンさんと通訳のアウさんを招待し、ベトナムとの紙芝居交流のイベントを開く計画をたてている。今後も日越の草の根交流を続けていきたい。

(「子どもの文化」二〇〇九年四月号)

6　ベトナムとの紙芝居の集いIN愛媛　ベトナムの紙芝居作家を迎えて

はじめに

戦後すぐに教育紙芝居研究会に参加し、教育の場で紙芝居活動を展開し、作品も書き、紙芝居研究者でもある宮野英也さん。本誌でも何度か氏と紙芝居の関わりを紹介してきた。

その宮野さんは、長い間、大好きなベトナムの紙芝居作家リエンさんを日本に招いて、日本の子どもたちへベトナム語で紙芝居を語ってほしいという夢を持っていた。それが、今春、「ベトナムとの紙芝居の集いIN愛媛」として実現できた。

宮野さんの喜びの一報を受けて、当研究所からも交流会に参加しようと「ベトナムの紙芝居普及を支援する会」のメンバーであった、元山三枝子、菊池好江、新屋エミ子、鈴木孝子四名が、松山へ駆けつけた。

愛媛は、愛媛大学のベトナム人留学生の受け入れや、ベトナムからの労働者の受け入れなど、旧くからベトナムとの交流の歴史を持っている。今回は、紙芝居を通じての国際交流である。参加者の、リエンさんと通訳のアウさんを見る目は優しかった。

「ベトナムとの紙芝居の集いIN愛媛」は、リエンさんの紙芝居『たいせつなうちわ』と『象牙の櫛』を演じて、紙芝居の魅力とベトナム戦争と平和を考え、共有し合うという趣旨で、伊予、松山、今治と愛媛県の主要都市での開催であった。

東京のメンバーは、松山市で行われた交流会の集いで実演と進行を務めた。

一九九〇年より「ベトナムの紙芝居普及を支援する会」を中心に行っていた、ベトナムとの紙芝居交流のその歩みを語り合い、後半はリエンさんの実演というプログラムだった。

リエンさんの作った紙芝居の第一作である『たいせつなうちわ』は、大事なのは心であるということを伝える、ベトナム民話の紙芝居で、菊池好江さんがリエンさんと顔を見合わせるように演じ上げた。

十一年間もクチで戦った元解放軍兵士のリエンさんが、二十年たってベトナム戦争の悲惨さを自ら語ることができるようになってから、戦友との実話を元に作った『象牙の櫛』。それをベトナムの枯葉剤被害者を支援する会等で、幾度となく演じてこられた元山三枝子さんが、作者を前に万感の思いを込めて演じた。リエンさんから握手を求められた時、元山さんは涙があふれてきたと語った。

このように、松山では、演じ手各々が、ベトナムへの想いを胸に、紙芝居とリエンさんを結んでいった。

その夜行われた交流会では、参加された二十数名の方々が、自分とベトナムの関わりを語り合い、温かいひとときとなった。

（「子どもの文化」編集部）

四国路でベトナムの作家を招いての「紙芝居交流会」

私は一九九四年八月に「ベトナムの紙芝居普及を支援する会」の一員として訪越してから一五年。その後七回ほど、ベトナム各地で紙芝居を通した交流を続けてきた。

交流を重ねる中で、ベトナムの作家を招き、日本でも交流できたらいいなという夢を持つようになった。そこで、長年交流し、親交のあるベトナムの紙芝居作家リエンさんを招待したいと考え、様々な方々と相談し、実現に向けて動いてきた。日本とベトナムの共通の文化となった紙芝居を、日本のしかも地方の子どもたちの前で実演し、紙芝居の世界に共感し、ベトナムへの理解を深め、国際親善の輪を広げたいとの想いを、ついに実現させたのである。「ベトナムとの紙芝居交流の集いIN愛媛」として実現できたのである。

「ベトナムとの紙芝居交流の集いIN愛媛」初日の二月二一日は、私の故郷で海辺の田舎町、潮騒の聞こえる伊予市「ふるさと創生館」で行われた。寒い日だったが、伊予市教育長や歴史文化の会のメンバー、親子連れなど、約七〇名が出席し、熱い視線で迎えてくれた。

まず、三年前にNHKテレビで放映された「紙芝居で子どもたちに夢を―ベトナム」―リエンさんの紙芝居創作普及活動を紹介した番組を―視聴。次にリエンさんが、自身の作品『たいせつなうちわ』(童心社刊)を一節ずつ語り、通訳のレディ・トウ・アウさんが、流暢な日本語で通訳した。リエンさんの実演は、ベトナム式である。〝びんろうじゅのうちわ〟という言葉が出れば、実物のうちわと、びんろうじゅ(ヤシ科の常緑高木)に子どもが登っている写真を見せて説明してくれる。お金持ちがうちわを取り替えようとする場面では、「男の子はどうする?」「君なら何が欲しい?」などと、子どもに歩み寄って質問し、興味を盛り上げていくのである。

次に戦争によって引き裂かれた父と娘の愛情とベトナム軍の戦う姿を描いた『象牙の櫛』を、リエンさんが実感を込めて演じ、参加者の感動を呼んだ。いじめのない国ベトナム人の転校生が登場する『どうしていじめるの?』(脚本 宮野英也)は、私とアウさんで実演した。

最後に「ベトナム戦争と日越紙芝居交流」についての体験を、リエンさんに私が質問する形で語ってもらい、参加者の方々の質問に応えていった。

小学校での交流

二月二三日は、しまなみ海道の町今治市の今治小学校。東京の実演者に協力して頂いた。

小学校低学年では、『太陽はどこからでるの』を菊池好江氏が、『たいせつなうちわ』をリエンさんが実演した。(二作とも童心社から出版されている) 高学年では、NHKのビデオを視聴後、『象牙の櫛』を元山三枝子氏、『どうしていじめるの?』を新屋エミ子氏が熱演してくれた。

今治では、人権、平和学習の関心が高い。リエンさんの「みんなが世界平和を願い、戦争をしないように」という呼びかけは、子どもたちの心に響いたようである。

二月二四日、山間部にある伊予市立中山小学校で、『たいせつなうちわ』『象牙の櫛』を実演した。私も勤めたことのある学校で、おとなしい子が多い。しかし、初めて見るベトナム人による紙芝居に興味を持ち、歓声を上げ、活発に応答した。最後にアウさんの指導によって、「カミシバイの歌」を一緒に歌い、感想と御礼の言葉を元気よく述べた。

ベトナム戦争と紙芝居交流を語る

二月二三日は今治市中央住民センター、二月二四日は松山市えひめ社会文化会館で、伊予市と同様の内容で集いを開いた。両日共に県・市議会議員、労働組合関係者、弁護士などの有識者が出席した。ビデオ、実演の後、「日本におけるベトナム友好交流」「花ひらいたベトナムの紙芝居」（子どもの文化研究所作成）の資料を見ながら、愛媛での友好活動も含めて、熱く話し合った。リエンさんは質問に対して、戦争体験と平和への強い願いを淡々と語った。私も「薬剤の原爆」とも言うべき枯葉剤の現状などを、紙芝居の場面も見せて訴えた。その後、歓迎パーティーを開き、交流を深めた。二月二五日は、リエンさん、アウさん、私の三人で広島に渡り、原爆資料館に案内した。展示物や模型を熱心に見学して、盛んにシャッターを切っていた。原爆の凄まじさに驚いた様子だった。

ベトナムの二人の人間性と紙芝居が一体となる

この集いは、ベトナム人にとっては、大変ハードスケジュールだったようだ。しかし、リエンさんたちは微笑みを絶やさず、最後まで誠心誠意実演とトークを続けてくれた。二人のベトナム人の、子どもと紙芝居をこよなく愛する気持が、紙芝居の内容とともに私たちに伝わってきた。ベトナム人の人間性、純朴さ、優しさと、紙芝居の素晴らしさが一体となって、共感、感動を呼んだのだと思う。新聞、テレビも「元ベトナム兵の平和紙芝居」として大きく取り上げた。紙芝居を通じて、平和、友好、国際理解という社会的意義をアピールすることができた。

爽やかなベトナムの風を吹かせてくれたお二人に心から感謝し、全国の仲間たちとともに、今後も紙芝居の発展のために頑張りたい。

第三章

ぼくの戦争

『ペンを奪われた青春』抄録

『とけた学徒』（父が語る太平洋戦争 空と海を血にそめて）

「えッ？ 学徒がとけたッ？」

わたしたちは、おどろいて、池田をとりかこんで、いろいろたずねました。彼の話によると、その日の夜中の休けい時間に、中学生がメッキ槽の中におちこみ、ふっとうする亜鉛の中にとけてしまったというのです。なんというおそろしい死に方でしょうか。おそらく、その学徒は、つかれと、ねむたさのために、ふらふらとして、メッキ槽にのめりこんだにちがいありません。わたしは、はげしいショックをうけました

（『とけた学徒』「父が語る太平洋戦争―空と海を血にそめて」より）

太平洋戦争末期、愛媛師範学校本科2年生160名の勤労動員学徒の一人として、呉海軍工廠で『ペンを奪われた青春時代』を過ごした宮野英也は戦争が遠い過去の出来事として忘れ去られようとしている今、生き残った者には戦争の本当の姿を明らかにしていく義務があると、子どもたちや若者に伝えるために書き残した一節である。

第三章　ぼくの戦争『ペンを奪われた青春』抄録

はじめに　戦争体験者が戦争の実相を語る意義

宮野さんは戦争体験の記憶は、風化し、戦争を全く知らない世代が増える中で、戦争は遠い過去の出来事として、忘れ去られようとしている。そのうえ、いまや戦争がカッコイイものとして美化される風潮さえ生まれている。真に平和を望み、平和を守るには、戦争というものを正しく認識しなければならない。そのためには、「生き残った」私たちが血の代償として得た民族的な戦争体験の意味をいろいろ問い続け、明らかにしていく責務があると考えていた。

宮野さんは語る「私は、太平洋戦争の末期、勤労動員学徒として、呉海軍工廠で働いていた。動員されたのは、昭和一九年八月から八か月間だった。もうその頃には、資材が欠乏しはじめ、しだいに敗戦色が濃くなっていた。しかし、私たちは、空腹をかかえ、空襲におびえながらも、祖国の必勝を信じ、しかも使命感に燃えて、生産増強に全力を尽くした。」と。

「学徒動員」は、「学童疎開」と共に、戦争が学校教育を変えた二大事件であった。

学徒動員は、昭和一九年三月から終戦まで実施されたが、関係書類が焼却されたため、その記録は、ほとんど残っていない。

現在わかっている学徒総動員数は、三一〇万六千名（昭和二〇年三月現在）で、犠牲者は推定五～六万名（死亡／四～五万名、傷病／一～二万名）と考えられているが、実際確定数として把握されているのは、一万七千～一万八千名に過ぎない。（動員学徒援助会編『あしあと』による）

「学童疎開」については、その作文が残されているが、「学徒動員」に関する生活記録は、ほとんどない。したがって、三〇〇万名以上の学徒が、どこで、どんな作業や生活をしていたかを知ることは、非常にむずかしい。いわば、歴史の大きな落丁の部分ともなっている。

宮野さんは、この現代史の落丁について証言をする義務があると考えて、一九六七年一〇月に、『ペンを奪われた青春』を三一書房から刊行され、その前年に「子どもたちに戦争の本当の姿を見つめてほしいと企画された児童書『父が語る太平洋戦争』シリーズの『空と海を血にそめて』編に「とけた学徒」を記した。そこで児童書の『とけた学徒』と『ペンを奪われた青春』から幾つかを再編して掲載する。

宮野さんは一貫して次のように語っている。

「戦争体験は、戦争の認識にまで深化されることがなければ、戦争の嫌悪から戦争の肯定への転化を、容易に許すことになるであろうと、恩師小川太郎先生はいっておられるが、私自身もひとりの日本の教師として、過去の取り返しのつかない過ちを繰り返してはならないと考えている。教え子を知らない間に軍国主義の黒い亡霊に引き渡し、再び戦場に送ってはならないと決心している。

潜水艦の仕事

三日目の朝——八月二八日。

造船所に配属された三、四組の者は、昨日と同じポンツーン（浮き桟橋）の部屋に集合した。今日、工場への配置が決まり、いよいよ作業が始まるのだ。ぼくたちは、入試の発表でも待つように、不安と期待の入りまじった気持ちで、その発表を待っていた。小林技師から発表があり、三組は製罐《せいかん》と溶接、四組は木工と鉄工とそれぞれの工場へ行って働くことになった。また、四日間は養成機関として、基礎になる技術を身につけてもらいたいということだった。

それから、緑がかったカーキー色の作業服が支給された。ズボンと上着がつながっている円環服（ツナギ）だ。粗末な布で作られた作業帽と、イカリマークの帽章もくれたが、これは使わず、学生帽を被ることになった。みんな、さっそく作業服に着替えた。

ぼくたちには少し大きすぎたが、ズボンを引き上げて、ベルトがわりの紐を締めた。これで学生工員が誕生したわけである。

階段をのぼって、ポンツーンに出ると、太陽がまぶしく輝いていた。しかし、海から吹きつける風は、来た頃よりは涼しく感じられた。

そこには、もう指導員が来て待っていた。ここで、もう一度班別に整列して、四つの工場に分けられた。そして、各班に一人ずつ指導員がついた。指導員は、一般工員より上役の伍長（陸軍の伍長とは違う）か組長であった。組長になると、駅員のような帽子に、赤い線が一本入っているのを被る。

ぼくは、四組の三班なので、木工工場に割り当てられた。

指導員は岡崎という伍長だった。彼は、ふうさいのあがらない中年の小男で、いつも目じりに人のよさそうなシワを寄せているような男だ。

ぼくは班長なので、「よろしくおねがいします」と言って頭をさげると、彼はあわてて頭をさげた。そして、「モックは、楽なしごとじゃけんのう――、しっかり頼むど」と、小声で言ったかと思うと、もうスタスタと工場の方へ歩き始めていた。

ぼくたちも、急いで後につづいた。ぼくは歩きながら、なるほど、木工のことを〝モック〟と呼ぶのかと思った。

＊　＊

この日から、四日間の養成期間の実習が始まった。はじめの二日間は木工だった。

木工工場の二回の食堂のような部屋に集合した、まず、スミツボを作ることから始めた。

この部屋で、岡崎伍長のスミツボを参考にしながら、設計図をかいた。設計図にしたがって木取りをし、各自が思い思いに作ることになった。その作業の中で、電気カンナ、ミシンノコ、電気ドリル、帯ノコなどの機械の使い方が教えられた。一番難しかったのは、スミを入れる部分を曲面にえぐり取る仕事だった。いろいろの形のノミを使って、苦心しながら彫るのだ。しかし、五時の定時間までには完成しなかった。

翌日、ペーパーをかけたり、糸車をつけたり、ニスを塗ったりして九時頃までかかってやっと仕上げることができた。できた者から前に並べた。岡崎伍長のものと比べると、どことなく格好悪いものばかりだった。しかし、彼は、「先生にでもなろうという人は、やっぱり仕事がうまいのう。初めてで、これだけできたら、まあ上等じゃわい」と、ほめてくれた。どうやら、おせじだけではないらしい。

その日の、あとの仕事は、うすい板で箱を作る作業だった。ノコ、カンナの使い方と、釘の打ち方の練習ということだが、これは、わけなくできた。

ところが、三、四日目がたいへんな仕事だった。というのは、鉄工の実習になったのだ。

「木工いうても、木に鉄の部品をつけんにゃあならんことがあるけえ、鉄工いうたら、タガネとヤスリが基本じゃけん、手を打つかもしれんが、しっかりやりんさいよ」

タガネというのは、鉄のノミのことだ。これで鉄板に印をつけたり、くりぬいたり、溶接したり、削ったりするのに使うのだ。はじめは、一ミリくらいの鉄板にいろいろな形をかいて、それをくりぬく練習をした。木をノミでくりぬくのとは違って、力いっぱいハンマーで打たなければ、鉄は切れない。しかも、目は、タガネの先を見ていなくてはならない。そこで、当然、タガネを持つ手を思いきり叩くことになるのだ。

ぼくは、はじめは切れなくてもいいから、軽く正確にハンマーを打つけいこをした。一時間もするとうまく打つことができたので、力を入れてタガネの頭を叩きはじめた。すると、親指のつけねのところを、いやというほど打った。

「あいたッ!!」

親指は、痙攣しながら、みるみるふくれあがり、紫色に変わっていった。関節のところなので、親指を曲げることができない。

「やったのう――」

山内が、ぼくの方をむいてニヤリと笑った。だが、彼も左手をハンカチで巻いていた。強弱の差こそあれ、手を打たない者はひとりもなかったくらいだ。ぼくは、二度、三度同じ箇所を打ったため、裂けて血が流れてきた。巻いていたハンカチも赤く染まった。まさに名実ともに血みどろの実習だった。それでもぼくたちは、これができねばとがんばった。

四日目は、鉄板でスパナを作った。タガネで印をつけ、ガスで切断してもらい、グラインダーとヤスリで仕上げた。そのほか、切断機、打ちぬき機、ドリリングマシンなどの使い方も習った。

これらの工作機械で実習する時、ぼくたちは何の気なしに機械の製作所を調べてみた。ところが、ほとんどがアメリカ製で、しかも、ＵＳＡ１９１２などとかかれた古いものが多かった。

(アメリカ製の機械で造った軍艦で、アメリカをやっつけている。ざまあみろ!!)

ぼくは、そう思うとなんだか愉快になってきた。

＊　　＊

「うちの組は外業で、潜水艦に行ってもらうことになったけんのう――」

実習期間が終わった第一日目。二階の休憩室へ集合しているところへ、岡崎伍長がやってきてこう言った。

「それはすごい。潜水艦に乗れることはありがたいのう」

はりきりボーイの田宮が、坂本の肩を叩いて言った。

「うん。潜水艦とはおもしろい。どんな仕事をするんじゃろう?」

「潜水艦にも、木でつくるところがあるのかい?」

坂本と山内が、だれにいうともなく聞いた。

その時、七時の作業始めのベルが鳴った。サイレンは、空襲の合い図に使われているので、どこも鳴らさないことになっていたのだ。

伍長は、ポケットから青写真を出した。

「これは、魚雷発射室じゃが、この床を敷く仕事をすることになったけん、やってもらおうかあ――学校の渡り廊下みたいなもんをつくるだけじゃけん、みやすい仕事じゃ」と言った。みやすいというのは、やさしいということらしかった。

伍長の見積もりによって、幅一〇センチ、厚さ二センチぐらいの板と、その下に打ちつける角材を作ることになった。

ぼくたち五人は、手分けして仕事にかかった。ぼくは、カンナで削る仕事を受け持った。

カンナで削るという作業は、激しい労働だ。全身が燃えるように熱くなり、汗は円環服を通して、胸や背中に地図をえがき出す。二時間もやれば、暑さと空腹のため、ヘトヘトになった。

しかし、みんなが全力を振り絞ってがんばったので、午前中に、はやくも準備ができた。

四十分の昼休みが終わるのが待ちきれず、早目に道具を担いで出発した。

潜水艦基地は、コの字型の入江の奥にある。二本の岸壁が桟橋のように海に突き出ていて、その両側には、さまざまの潜水艦がつながれていた。右側の岸壁には、高角砲と機銃を備えたイ号と、ゴムボートのように横腹がふくらんだ不格好な潜水艦が停泊していた。

ぼくたちは、この変な潜水艦に泥亀というアダ名をつけた。高角砲も機銃もなく、どうやら輸送用に使う潜水艦らしかった。

ぼくたちが作業に行ったのは、左側の艤装《ぎそう》岸壁につながれた潜水艦だった。同じ型のものが二隻並んでいて、イ201、202、と番号がついていた。

＊　＊

伍長が先頭に立って板の橋を渡り、腕章をつけた水兵に紙切れを見せた。ぼくたちも、後ろに続いた。

ぼくは、生れてはじめて潜水艦の甲板に立ったのだ。甲板もすべて鉄だが、海水を入れる隙間が、数十条のミゾを作っていた。黒く塗られた細い艦体は、艦尾にいくほど吃水線《きっすいせん》が低くなって、海にめりこんでいた。

司令塔から、ニユッと突き出た潜望鏡、わき腹に開けられた小さな窓のような穴、強力な魚雷をのみこんでいる艦首と艦尾のふくらみ――、それらは、広い海を隠密に行動し、戦艦や空母をも撃沈することのできる無気味な力を秘めているように見えた。

しかし、この潜水艦の司令塔は、今までぼくらが知っていた潜水艦とは、まったく変わっていた。ただ紡錘型《ぼうすいけい》の塔が、スポッと一つあるだけで、デッキも何もないのだ。

極端に単純化されている。これは最新式の潜水艦にちがいない。あとで岡崎伍長に聞くと、これはS型という最新式の高速潜水艦だと教えてくれた。

道具箱をかかえ、艦首に近いハッチをくぐり、垂直なラッタル（垂直梯子）を降りた。なかは魚雷発射室だった。ペンキと油と鉄の入り混じったような、軍艦特有の臭いが鼻を突く。

正面には、六門の魚雷発射管が、複雑な機械の中にうずまって、金色に輝いていた。二門ずつ三段に重なった発射管は、兵器というよりも、神社のご神体のような荘厳さが漲っているように思えた。

狭い館内は、天井といわず、壁といわずパイプや器具が、隙間のないほど取り付けられていた。二人の工員が電気の配線工事をしていた。壁面には人体解剖図の血管を思わせるような、赤や青の電線が這い回っている。ぼくたちは、用意してきた材料ですぐ仕事にとりかかった。

組長の指導で、室内の寸法をとり、それに合わせて、渡り廊下のようなものを造るのだ。

ノコでひくもの、カンナをかけるもの、ハンマーで釘を打つもの、みんなそれぞれ夢中で働いた。暑い。蒸し風呂のような暑さだ。汗が全身の毛穴からふき出るのがわかるようだ。

みんな、円環服の上半身を脱ぎ、袖を腰のところに結びつけ、はだかで働いた。

ダダダダダダダ…………

突然、隣の部屋から、凄まじい音が響いてきた。鋲打ち機で作業を始めたのだ。音は、密室のような艦内に反響し、脳天までガンガンと響いてくる。ぼくたちは思わす耳を覆った。

「これでは、仕事はできんねえ」

ぼくは、大声で隣にいた山内に言った。

「?…………」

山内は、首をかしげ、耳を近づけてきた。ぼくはもういちど叫ぶように言った。それでも聞こえないので、首を振って話すのをやめた。

みんなは、チリガミを噛んで、耳の穴に詰めた。これで少しは楽になった。ものを言う時は、手真似で合図したりした。このような苦しい条件のなかでも、ぼくたちは午後の休憩時間も休まず、一心に働き続けたのだ。この潜水艦が、一日でも早く完成すれば、それだけ日本の勝利が近づくのだと思うと、自然と手に力がはいった。

(さあ、早く銀色の魚雷をのみこんで、米英の空母を、戦艦を撃沈してくれ!!)

心の中で、そう祈りながら、がんばった。

こうして、二隻の潜水艦の木の部分の工事が続いた。

一週間もすると、仕事にもなれ、手際よく能率的にできるようになった。あまり熱心すぎて、仕事が早くできすぎては困ると、伍長に注意されるほどだった。

早く仕事が終わった時には、許可を得て艦内を見学してまわった。

潜水艦の中央部は、複雑な機械と計器類が、ぎっしりと詰まっていた。ただでさえ狭い艦内に、水中を走るための機械が備えつけられているからだ。

潜水艦が水中を航行する時には、電力によって推進する。そのための電池室や推進装置、潜水のために、海水を出し入れする装置。その他、深度計や海水を真水に変えるろ過装置等々。そのうえに、大小さまざまのパイプが、艦内いたる所を腸のようにくねっていた。

人間の寝るところなどはほとんど無いに等しい。艦内を回っていた下士官に、そのことを聞いてみると、壁に折りたたみ式の網棚のようなものを取り付けたり、通路を利用したりするのだということだった。

司令塔の床の工事をする時には、よく潜望鏡をのぞいた。握るところを水平に倒し、そこを両手で持ってくるくる回しながら景色を見るのだ。十字に目盛りのきざみのついたレンズを通して、さまざまの風物が次々と目にとびこんできた。

沖の戦艦のいかめしいマスト。

艦内を歩いている水兵の顔。

江田島の木々、山肌。

ぼくは、それらを眺めながら、いつの日かこのレンズに敵艦が映り、それを撃沈するであろうことを想像した。そして、自分の今の仕事に、生き甲斐を見出すのだった。

＊　＊

潜水艦の仕事が、もうすぐ終わろうとする日だった。

朝、道具を抱えて潜水艦基地に行くと、岸壁に、、見慣れない潜水艦が横づけになっていた。

「今ごろ、なにしに日本までやってきたんかのう――」

「秘密兵器の設計図でも持ってきたのと違うか？」

「まさか？　しかし、さすがにドイツの潜水艦はすごいのう――」

こんな、ささやきが耳にはいった。

やはり、ドイツのUボートだった。日本の潜水艦とはだいぶ違っていた。日本のイ号よりもずっと大きく、司令塔にデッキがあり、そこに二基の機銃がついていた。司令塔の前後にも大砲があった。それらは、日本のものよりもずっと大きく、複雑で、その性能を誇っているかのようだった。浮上しても小さな船艇とは戦えるようにするためだろう。

長い航海のため、その黒い艦体は汚れ、サビを吹き出していた。だが、見るからに、「飢える海の狼」のような無気味さを漂わせていた。

しばらく見ていると。司令塔の前部のハッチが開いて、数人のドイツ兵が出て来た。九月とはいえまだ暑さが厳しい折に、彼等は紺色のセーラー服を着ていた。続いて、下士官や士官が、次々に上がってきた。そして、ニコニコしながら、見物している日本人に手を振った。

見学していた者も、力いっぱい手を振って応えた。ともに米英と戦っている同盟国の国民としての共感がそこにはあった。

若い水兵が多かったが、その彫りの深い顔に、長い航海による疲労の色が暗く漂っていた。士官は、水兵たちを集合させると、何か説明をしていた。上陸の注意かも知れなかった。しかし、その態度に、日本海軍のような厳しさがなかった。上官との区別も、あまり厳しくないように見えた。むしろ外国航路の高級船員のような感じだった。

「あんなに、だらだらした態度で、戦争ができるんかのう――」

田宮は、ぼくに向かってそう言った。確かに日本海軍からみれば、規律には欠けていた。しかし、それは彼等の髪や目の色、身のこなしなどに、ヨーロッパ的自由の雰囲気を感じるからではないだろうかとぼくは思った。

彼等は、迎えにやってきた日本海軍の大尉に案内されて上陸していった。しかし、ドイツの潜水艦が、遠いヨーロッパから、何のために呉軍港へやって来たのかは、誰も知ることはできない。

その日は、作業中も、寮へ帰ってからも、ドイツの潜水艦の話で持ち切りだった。

ぼくたちは、先生にすすめられて、ヒットラーの『我が闘争』（マイン・カンプ）や『ドイツ戦没学生の手紙』（『きけ　わだつみのこえ』のドイツ版のような、世界大戦に参加した戦没学生の手記）などを読んで感動していた。

だから、ドイツの優秀さは、科学や兵器だけでなく、数年前来日したナチ青年団、ヒットラー・

ユーゲントや、降服せずに自爆を選んだ豆戦艦「シュペー号」の態度に見られるドイツ魂にあるという話になった。そしてドイツ魂は、大和魂に通じるものだということになった。

しかし、そのドイツ軍も、六月に米英連合軍のノルマンディ上陸を許してから、じりじりと後退を続けていた。（ドイツは敗けそうになったので、あの潜水艦も日本へ逃げてきたのではないだろうか？）ぼくは、なんとなくそんな気がした。

「のらくろ」の時代

ドイツが敗けるようなことがあっても日本は絶対に敗けることはない!!

これは、すべての日本人の信念であり、一つの信仰みたいなものだった。ことに、ぼくたち青少年は、だれひとりそれを疑う者はいなかったと思う。

なぜなら、日本は「神国」であり、日本の戦争はつねに「聖戦」——正義の戦争であり、肇国《ちょうこく》以来一度も敗けたことがないからだ。しかも、戦っているものは、忠勇無双《ちゅうゆうむそう》の「天皇の軍隊」であることを、小さい時から教えこまれ、それを固く信じていたからだ。

ぼくがこの世に生を受けたのは、大正一四年一一月で、翌年の年末から昭和元年になった。だから、ぼくの年齢は昭和の年数と同じに増えていく。

ぼくは、今上天皇の即位を祝う「御大典」のことを微かに覚えている。それは、昭和三年のことだった。その日、ぼくの生まれたG町もよろこびに湧き返り、たいへんなお祭り騒ぎだったという。ぼくは、母におんぶしてもらって、それを見に行ったことを覚えている。賑やかな踊りや仮装行列が町を練り歩いていた。その中に、真っ赤な恐ろしい顔をした巨大な天狗がいたことだけが、はっきりと幼い頭に焼きついている。夜は、近くの神社から提灯行列を見た。赤い提灯が揺れながら、狐火のように続いていたことも、夢の中の出来事のように思い出すことができる。これが、ぼくの記憶にある昭和のあけぼのだった。

ぼくの分家の祖父は、日露戦争の時、第三軍司令官乃木将軍の指揮のもとに、旅順攻撃に参加した。そして、有名な二百三高地の攻撃の際、腕と足に敵弾を受けた傷痍軍人だった。ぼくは、小さい頃からその祖父や父にねだって、よく日露戦争の話をしてもらったことがある。乃木将軍とステッセルの会見の話、橘中佐や広瀬中佐の話（日露戦争の軍神といわれた軍人）、東郷元帥と日本海海戦の話などを、胸躍らせながら聞いて育ったのだ。それは、遠いおとぎ話のようだったが、日本海軍の英雄・東郷元帥はまだ生きていた。また、ロシア兵の捕虜が松山市や、このG町へも来ていた時の様子を話してくれた。父は、まだ子どもだったが、海岸のグランドにいたロシア兵を見に行ったそうだ。そして、「ロスケ!!ロスケ!!」と言ってからかうと彼等は、追っかけるまねをするので、わっと逃げては、またからかいに行ったものだという。

ぼくの家の近くの神社には、「日露大戦争役」の絵（日露戦争大絵馬）が掛けられていた。また拝殿の正面には、この部落出身の軍人の写真が額に入れられて飾られていた。明治時代の軍服を着た分家の祖父の写真もあった。大人で写真に出ていない人はほとんどなかったといっていい。

しかし、ぼくの父は出ていなかった。だからぼくは子ども心にもひけ目を感じていた。

＊　＊

昭和六年九月、満州事変、翌年一月、上海事変が勃発し、アジアの風雲は急を告げ、戦火はしだいに拡大していった。

昭和七年二月二三日。この日、上海総攻撃が行われた。その前日、竹筒に火薬を詰め、鉄条網に突入して、体もろとも爆破した肉弾三勇士の話が、大きく伝えられた。

ぼくは、小学校に入る前なので、戦争が始まったことはピンとこなかった。しかし、壮烈な肉弾三勇士の話を聞いた時、日露戦争と同じ本当の戦争が始まっているのだということがわかった。

小学校一年生の夏休みのことだ。友だちと丸太を抱えて、爆弾三勇士の真似をしてとびこむ遊びをしたことがある。すると父が、危ないから止めろと言った。それに不満をもった友だちは、ぼくに、おまえの父ちゃんは弱虫じゃから、兵隊にもなれんじゃろうと言ってからかった。

ぼくは、悔し涙を抑えて、父にそのことを聞いた。すると父は、兵隊検査には合格したが、クジを引いて当らなかったから行かずにすんだと言った。ぼくは、そんな時代があったことを知って驚いた。そして、大きくなった時、父のように兵隊になれなかったらどうしようと、本気で心配したものだった。

ぼくたちは、もの心のついた頃から、遊びといえば戦争ごっこだった。歌といえば、「ぼくは軍人大好きよ、今に大きくなったら、勲章つけて、剣下げて、お馬に乗ってハイ、ドウ、ドウ」（水

（谷まさる作詞、小山作之助作曲）とうたって育ってきたのだ。

だから、男の子なら誰でも、大きくなったら海軍大将か陸軍大将になることを夢みていたのだ。

昭和七年四月、ぼくはG小学校一年生に入学した。初めて習った国語教科書は、「ハナ、ハト、マメ、マス……」で始まる灰色をした国定教科書だった。この教科書は、大正七年から使用され、大正デモクラシーの影響を受けているといわれたものだ。だから、戦争の話はあまり出ていないので、世界各地の風物や生活などがかなり載せられていた。

しかし、ぼくたちの学年を最後に廃止された。一年下の学年からは、「サイタ、サイタ、サクラガ、サイタ」で始まる軍国調の国語教科書が使用されるようになった。表紙もサクラのように明るい色で、勇ましい戦争の話がたくさん出ているものだった。

だが、ぼくたちの習った修身の教科書には、日露戦争の頃の忠君愛国美談がたくさん載せられており、「木口小平は、死んでも口からラッパをはなしませんでした」というような話も習った。

二年生の頃から、「お前たちのからだは、お前たちのものではない。大日本帝国の臣民であるお前たちのからだは、天子様のものであり、国家のものである」という難しい話もよく聞かされた。けれども、修身は古めかしい話が多くて、退屈で、ちっともおもしろくなかった。小学校に上がってから、ぼくの心を強くひきつけたのは、むしろ児童雑誌だった。

一年生になってから、初めて母に買ってもらった雑誌が「幼年倶楽部」だった。文字を覚え始めたうれしさもあって、大声で何回も読んだものだ。

その中で一番印象に残っているのが、阪本牙城の漫画『タンク・タンクロー』だ。タンクローは球形の体にチョンマゲ姿の滑稽な主人公で、体には丸い穴がたくさん空いている。その穴から時に応じて、刀やヤリやピストルまで出てくる。また戦車のようにコロコロ転がって、悪者を踏みつぶすこともできる。つまり極めて原始的なロボットともいえるものだった。これが、ぼくにはおもしろくてたまらなかった。

二年生までは、「幼年倶楽部」を買ってもらって愛読していたが、三年生からは「少年倶楽部」にかえた。ちょっとむずかしいところもあったが、田川水泡作「のらくろ」を読むためだった。「のらくろ」というのは、黒いのら犬だった主人公の名だ。はじめ二等兵として猛犬連隊に入るが、そこで痛快無比の大活躍をして、つぎつぎに階級があがっていくのだ。人間を犬に置き換えた軍隊マンガで、ブルドック連隊長以下、滑稽な犬たちの巻き起こすユーモラスな軍隊生活が描かれていた。「のらくろ」は、満州事変の起こった昭和六年に、「少年倶楽部」新年号から始まったが、その人気はたいへんなものだった。全国の少年たちは、「のらくろ」に憧れ、「黒いからだに大きな目、陽気に元気に生き生きと……」という「のらくろの歌」がよく歌われた。ぼくの町でも、クジの付いた「のらくろアメ」まで売り出されたほどだった。「のらくろ」は、大手柄を立てては、上等兵、伍長、軍曹……少尉と、ぐんぐん階級があがっていった。それが、またぼくたちには楽しみだった。こうして、「のらくろ」は一二年間も「少年倶楽部」に連載され、ぼくたちは、「のらくろ」と共に成長していった。

「のらくろ」への憧れは、軍隊への憧れをある意味では育てた。猛犬連隊よりももっともっと強く勇ましい軍隊が現実に存在しているのだ。ぼくたちも大きくなったらそこへ入り、「のらくろ」のように大手柄を立てて偉くなりたい……と少年たちは胸を膨らませていた。

もう一つおもしろかったのが、島田啓三の『冒険ダン吉』だった。日本の少年ダン吉が、南洋の島の王様となって、未開の土人を教育したり、猛獣や、悪い土人と戦ったりする絵物語だ。

「南洋の島の王様になりたい」こんな子どもの夢は、大人でも持つ夢だったが、その夢を十分に満たしてくれる冒険物語だった。

ヤシの葉そよぐ南洋の島。青いサンゴ礁。バナナ、パパイヤの実る常夏の国――。

これも、夢のような話ではなく、こんな島が日本の領土の中に存在することが、大きくなるにつれてわかってきた。明治までは、四つの島しかなかった日本。それが、日清戦争で台湾、日露戦争で南樺太と関東州を獲得した。その後、朝鮮の併合があり、第一次世界大戦では、「南洋群島」が委任統治地となり、戦争のたびに日本の面積は拡大していった。そして、ついに北は北緯五〇度から、南は赤道にまで広がったのだ。

それにつれて、国力も増大し、東洋の名もない島国から、アメリカ、イギリスと肩を並べる三大強国にまで発展した。

これは、すべて戦争のおかげだった。日本の兵隊さんの流した尊い血潮、大陸に消えた尊い命によって得たものだった。

このような知識と考え方が、学校での教育や、読み物などによって育てられていったのだった。

＊　　＊

昭和一一年二月二六日、日本陸軍の青年将校によって起こされた叛乱事件は、二・二六事件として日本全土を驚かせた。ぼくが四年生の三学期の時だった。

この頃、ぼくの家ではラジオを買った。まだ、近所でラジオを持っている家が少なかったので、夜のニュースの時間になると、たくさんの人が集って耳をそばだてていた。その時の異様に緊張した雰囲気と、不安なささやきで、ぼくは大事件が起きたことを知った。

しかし、みんなラジオでは真相はよくわからないらしかった。それで、当時町の助役をしていた父に、不安な面持ちで事件の様子や、今後の見通しなどを聞きに来ていた。

ぼくは、それらの話から、将校が、大臣などの偉い人を殺したことを知ったのだ。ぼくは、なぜそんなことをしたのかわからないので、父に聞いた。

「そんなことは、子どもにはわからんことじゃが――。一口にいうたら、今の政治をしとる偉い人のやり方が気にくわんというんじゃのう」

父は困ったような顔をして答えた。

しかし、近所の青年の中には、国のため、腐った政治家を目覚めさせるために、死ぬ覚悟でやったことだから立派なことだと、叛乱した将校を誉める声も聞かれた。

ぼくは、よくわからなかったけれども、青年将校たちのやったことは、非常に勇気のある英雄的な行動のように思えてならなかった。ところが、裁判の結果、事件関係将校一五名は死刑判決を受け、昭和一一年七月一二日、銃殺刑に処された。

この年の夏、第一一回オリンピック大会がベルリンで開かれた。その時、田島直人選手が三段跳びで一六メートルを跳んで優勝した。続いて、前畑秀子選手が、二〇〇メートル平泳ぎで優勝して日章旗を揚げた。ぼくは五年生になっていたので、新聞やラジオでこれらの日本選手の活躍を知り、熱狂した。五年生から受持ちは小西先生という地理の先生に変った。だから、地理の学習と時事問題をうまく結び付けて教えてくれた。それで地理の勉強がたいへんおもしろく、ニュースにも深い関心を持つようになった。

この年の一一月に結ばれた「日独伊防共協定」についても、わかりやすく説明してくれた。先生の話を聞いて、これでもう日本は、ソ連と戦ってもアメリカと戦っても絶対に敗けないぞという確信みたいなものを感じたのを覚えている。

＊　＊

この頃、ぼくは小説に大へん興味を持つようになった。冬休みに母の里へ遊びに行った時、数年前からの『少年倶楽部』を見つけた。これは五つ年上の茂叔父さんが毎月購読していたものだった。宝の山でも発見したように喜んだ。そして、泊りこんで、雑誌にうずくまるように読んだ。

『少年倶楽部』には、血湧き肉躍るような小説がたくさんあった。

江戸川乱歩の『怪人二十面相』『妖怪博士』、山中峯太郎の『敵中横断三百里』『大東の鉄人』、

南洋一郎の『緑の無人島』、吉川英治の『天兵童子』、高垣眸の『快傑黒頭巾』『まぼろし城』、佐藤紅緑の『紅顔美談』『少年讃歌』、平田晋策の『日米もし戦わば』等々、魂まで揺さぶられるようなおもしろさに、これらの本は満ちていた。

また、これらの間に散りばめられている「忠君愛国美談」が、ぼくたちの心を強く魅了し、奮い立たせ、戦争への憧れを育てられたのだった。

〝外国の新聞を見ますと、今、シベリアには、立派な武器を持った三十万人近くの大軍隊がいるとのことです。

極東軍総司令官ブリューヘルは、ハバロフスク市の軍管区本部で、こんな偉そうなことを言いました。『日本陸軍がなんだ。わがロシアには、百三十万人の強い兵隊がいるのだ。そのうえ、千六百台の飛行機もあるし、戦車も六百台以上ある。しかし、ロシアは国内の仕事が忙しいから、いますぐ戦争はしたくない。十年後を見よ。きっとわが軍は日本軍を満州から追いはらってみせるから!!』

十年後というと諸君が、帝国軍人として、カーキー色の軍服を着て、菊の御紋のついた小銃を、しっかりとその手に握る時ではないか。

諸君は、世界一の大陸軍を向うにまわして、天皇陛下の軍旗のもとに、勇ましく戦うことができるでしょうか。（中略）

黒竜江の江水を赤く染め、興安嶺の雪も鮮血に紅となる大戦争を予想する時、つぎの満州戦こそは、其の日本の運命をさだめ、世界の運命を決するものだと、強く感ぜずにはおられません。

ぼくも真剣に書きましたから、諸君もまじめに読んでください。そして、日米戦以上に重大な日露戦争についてよく考えてください〟

平田晋策の書いたこの文を、古い『少年倶楽部』から見つけて読んだのも、この時だった。「防共協定」の話で、先生から共産主義の侵略を教えられていたので、ぼくはなおさらソ連に対する敵愾心を燃やした。（あと一〇年――、そうだ!! ぼくもあと一〇年経てば、帝国軍人となってロシアと戦うのだ。ロシアやアメリカなんかに敗けるものか!!）

ぼくは、ソ連やアメリカと戦う未来戦を想像し、自分が「愛国の英雄」となることを夢みるのだった。

＊　　＊

昭和一二年七月七日、ついに支那事変が勃発した。ぼくは六年生になっていた。

北京西北の盧溝橋付近で演習していた日本軍に、中国軍が発砲したために始まったと発表された。ぼくたち子どもは、中国軍が先に撃ってきたということに非常に腹を立てた。というのは、今までにも中国人が日本人にひどいことをするという話を、ニュースなどでたびたび聞かされていたからだ。

六年も持ちあがりになっていた小西先生は、こんな説明をした。

「シナ人は排日、侮日《ぶにち》といって、シナにいる日本人を理由なしに殺したり傷つけたりしてきました。殺されたのは、軍人だけでなく、警察官や坊さんもいます。歩いている日本人が硫酸をかけられた事件もあります。日本の居留民は、いつ殺されるかわからないので、日本の軍隊が守ったのです。しかし、戦争ではなく、本当の名は事変です。事変は、そこの地名で呼ぶことになっているので、北支事変と呼ばれています。けれども、シナ軍は日本軍にはとてもかなわないし、国内で蒋介石軍と共産軍が戦っているので、すぐ降参するでしょう」

ぼくたちは、先生の話を聞いて、中国人をますます憎み、野蛮なチャンコロをやっつけてしまえと息巻いていた。

一般国民の中にも、この際徹底的にシナをこらしめてやれという声が満ち満ちていた。

その国民の声に応えるかのように、日本軍はみるみるうちに北支の町々を占領し、次第に南へ進撃していった。

八月一三日、戦火はついに上海にとび火し、日中両軍の間に激しい戦闘が始まった。

この頃、海軍航空隊による渡洋爆撃も始まり、事実上の全面戦争にまで拡大した。

ぼくたちは、毎日のように出征兵士を見送りに行った。赤いタスキをかけた出征兵士たちは、「祝出征」のノボリと、日の丸の旗に囲まれ、みんな緊張した顔で怒鳴るように挨拶を交わしていた。見送り人が大声で万歳を三唱すると、頭をさげながら敬礼するのだった。ぼくたちは、「勝ってくるぞと勇ましく、誓って国を出たからにゃ……」という『露営の歌』を歌い、汽車が動き出すと、日の丸の小旗を振って万歳を絶叫して見送った。

二学期になると、教室に大きな地図が貼られ、占領した町に小さな日の丸を貼り付けていった。

ぼくたちは、日の丸が一つ増えるごとに手を叩いてよろこんだ。そして、その町の名も確実に覚え込んでいったのだ。「トーチカ」「クリーク」などのことばもこの頃初めて知った。

もう、ぼくの頭のなかには中国の地図ができあがり、銃を担ぎ、砲をひいて進撃する勇ましい日本軍の姿が、その地図の上に見えるようだった。

北支にくらべて、中支はなかなか日の丸が増えなかった。しかし、一二月一三日には、ついに敵の首都南京を完全に占領した。大人も子どもも、日本の勝利で戦争が終わったかのような熱狂ぶりだった。一日中、旗行列、提灯行列の人の波が続いた。「あな嬉し喜ばし戦い勝ちぬ……」という古い軍歌『凱旋』の歌声がどよめいていた。

しかし、小西先生の話とは違って、中国軍は激しい抵抗を続け、戦争はいつまでも続いた。日本軍は泥沼に足を踏み入れたように、攻めることも足を抜くことも出来なくなってしまった。

戦死者の遺骨が、白木の箱に入って帰る回数も、しだいに多くなった。六年生以上は、遺骨の出迎えにも行った。黒い喪服を着て、涙ひとつこぼさず遺骨に付添っている家族を見た時、子どもながら胸の詰まる思いがした。

だが、それはお国のために戦って名誉の戦死をしたのだから光栄だと考えていた。ぼくも大きくなったら、戦死した人に負けないように、立派な軍人になるのだと心に誓うのだった。

＊　＊

昭和一三年一月から日記を付け始めた。

ぼくの買った学生日記の下段には軍艦の名と装備や、戦争に関する文章が載っていた。その中に、平田晋策の『われ等の陸海軍』からの一文が、次のように掲載されてあった。

〝東洋の山や野を護る帝国陸軍、太平洋の黒潮の砦を護る日本海軍、世界で一番強く、一番正しいのが、われらの陸海軍である。連隊旗向かうところ草木もなびき、軍艦旗のひるがえるところ、さかまく荒波もしずまる。日本陸海軍こそは、東洋の平和を永遠に守る神聖なたのもしい軍隊である。われらの陸海軍は、今まで間違った戦争をしたことがない。わが軍隊は、決して軽々しく動かない。しかし、一度剣をぬいたら、東洋平和を乱す悪い敵は、忽ち攻め平らげられてしまうのだ。この輝ける陸海軍は、畏くも天皇陛下の軍隊である〟

学校でも、家庭でも、新聞雑誌からも、これと同じことを繰り返し教え続けられ育ったぼくたちは、日本軍と日本の戦争の正しさを絶対的なものとして信じていた。

「のらくろ」は、その後、戦争が進むにつれて大活躍をし、二階級特進したりして、将校になっていく。そして、一一年かかって少佐にまで進級し、最後には、民間人となって、満蒙開拓義勇軍に加わり満州へ渡った。

しかし、その頃には、ぼくは「のらくろ」を卒業していたが、日米戦は現実となり、軍人となって戦わなければならない時が迫りつつあった。

あすをしらぬ命

安田先輩の戦死は、ぼくたちにも死が身近に迫っていることをひしひしと感じさせた。もはや、戦場も銃後も区別がなかった。まして呉は、軍港で軍艦がいるために、かえって危険であることを知らされたのだった。

三月一七日の空襲以来、敵機は度々やって来るようになったが、あの日のような大がかりな空襲はなかった。この頃、工廠では、『勝利の日まで』という軍歌が流行していた。

丘にはためく　あの日の丸を　仰ぎながめる　われらが瞳
いつかあふるる　感謝の涙　燃えてくるくる　勝利の炎
……………………

この歌は、今までの軍歌と違って、奇妙な明るさと諦めの交じった響きがあった。最後に繰返す「勝利の日まで、勝利の日まで」というところを、いくら元気に歌っても、勝利が来るという実感がわかない歌であった。しかし、当時の流行歌として、寮でも工場でもみんなでよく歌った。

三月下旬になると、資材不足がぼくたちの目にもありありと見えるようになった。空母「阿蘇」や、ドッグ建造を急いでいた数隻の輸送船などの作業も中止されていた。そして、特攻兵器である人間魚雷「回転」の部品を作ることになった。人間魚雷は、〇六（まるろく）と呼ばれていた。ぼくたちは、その潜望鏡をつりつける部分を毎日、五つずつ作った。作業が終わる頃、ぼくは山内に言った。

「さあ、きょうもこれで五人殺した。ぼくたちが、熱心に働けば働くほど、たくさんの人間を殺すことになる」

「そうじゃのう。オシャカを出す方が人助けになるとは、おかしな話じゃ」

山内は、そう言いながらも熱心に作業を続けていた。ぼくが、

「もう、軍艦も飛行機も作る材料が無いし、ガソリンも無いという話じゃが、これで戦争に勝てるんかねえ」

と言うと、彼は辺りを見渡しながら、

「そんな話を、ギリに聞かれたらおおごとじゃ。しかし、もう頼みの綱は、特攻兵器だけらしいのう」

と、本気で言った。

その頃、同級生の星加という男が、些細なことで、守衛に殴る、蹴るの乱暴を受けた。その日の昼休み、ぼくたち五名は、久しぶりでポンツーンへ行ってみた。そこには、二隻の駆逐艦と三隻の魚雷艇がつながれていた。海を渡るそよ風が、心よく頬を撫でた。もう桜の花もほころび始める季節だった。

海上を、小型魚雷艇が飛行機の爆音とそっくりの音を響かせながら走っていた。これが、○四(まるよん)と呼ばれる特攻用の魚雷艇だ。モーターボートのような形で、ベニヤ板で造られており、両側に爆雷をつけて、敵艦に体あたり攻撃をするのだそうだ。軽いうえに、エンジンが強力なので、ものすごいスピードだ。前から四分の三くらいが空中に浮きあがり、まるで空を飛んでいるような速さだ。四〇ノットは出るという。あまりに速くて、小さいので、米軍は射撃で沈

めることが出来ず、軍艦のまわりに木材を浮かべて防御しているという話だった。

やがて、ぼくたちの見ている前の、普通の魚雷艇のそばへ、〇四が帰ってきた。それには航空兵と同じ服装をし、真白いマフラーをなびかせた下士官が乗っていた。眼鏡をはずすと、まだ紅顔の少年のような顔だった。(〇四や〇六の乗組員の多くは、予科練出身だそうだ)もう、乗る飛行機がないので、これらの特攻兵器の方に廻されたのだといわれていた。

ぼくと同じ年頃の若者が、死を覚悟して、平然と特攻兵器に乗り、日夜猛訓練を続けると思うと、申しわけない気持ちで胸が潰れる思いがするのだった。

*　*

その頃、米軍の大機動部隊は、刻々と沖縄に迫っていた。

そして、四月一日——ついに上陸を開始した。

航空機一五〇〇機以上、艦船一四〇〇隻以上といわれる大機動部隊は、空と海を蔽って、沖縄に殺到し、西海岸に約五万の兵力で強力上陸を敢行した。

その後、完全な制空、制海権のもとに、全島に猛砲爆撃を加えつつ、鉄の輪を締めつけるように、日本軍を南北に追いつめつつあった。

米軍上陸の沖縄についてのニュースはあまり出なくなった。しかし、沖縄でどのような死闘がくりひろげられ、どうなっていくのだろうかということは、今までの戦局を考えれば容易に想像することができた。ぼくたちは、それを考えると暗い気持ちになるのだ。

四月二日――午前一〇時。

世紀の巨艦「大和」も静かに出撃して行った。ぼくたちは、内業なので「大和」の出撃を見送ることはできなかった。一緒に停泊していた軍艦も、いつの間にか数多く姿を消していた。夜、警戒警報を発令し、暗くしておいて、ひそかに出撃して行ったのだ。

「大和」のいなくなった海の部分は、ぽっかりと穴のあいたような、うつろな感じがした。軍艦の数はまばらになり、大きな軍艦は姿を消していた。後には、「伊勢」「日向」の二隻の航空戦艦が、わずかに軍港の威容をとどめているにすぎなかった。

「大和」が出撃する半月くらい前のことだ。ぼくは一人で、岸壁に横づけになっている「大和」を見に行った。ちょうどその時、金色に輝く巨大な弾丸(それは、ぼくの背より高かった)を一発ずつクレーンで積み込んでいた。それを見て、ぼくは出撃の近いことを知ったのだ。

「大和」は、その精悍さが失われて、年老いて群れから離れた獅子のような、孤独な影をたたえていた。これは、連合艦隊が数少なくなってしまったことを、ぼくが知ってしまったためかもしれなかった。ぼくたちは、戦艦「大和」が姿を消した軍港を眺めながら、「大和」が大戦果をあげ、戦局を一変する日を、今か今かと待ち望んでいた。

*　　*

四月上旬、広島で、予備学生と特別甲種幹部候補生(特甲幹)の試験があることになっていた。身体の悪い者以外は、全員願書を出した。

祖国のために銃をとるのだという使命感もあったが、どうせ軍隊にとられるのなら、二等兵になりたくないという気持ちも実は働いていた。

試験の前日、途中で大浦崎へ転属になっていた者が帰ってきた。六名なので、どこの部屋にでも自由に泊ることができた。G町出身の福本が、ぼくのところへやってきた。ぼくは、彼に大浦港のことを聞いた。彼は絶対秘密にしてくれと前置きしてから、次のような話をしてくれた。

大浦港というのは、倉橋島の南端にあり、特殊潜航艇の基地と工場のあるところだ。特潜は、ここで造られ、ここから出撃して行った。真珠湾攻撃の特潜もここで造られ、佐田岬の三机湾で訓練を受けたということだ。三机湾は、真珠湾に地形が似ているからだそうだ。

海軍の極秘工場なので、証明がなければ、絶対に入ることが出来ないようになっていた。通行証は楕円形に赤い縁取りのあるバッジで、なかに番号が書いてあった。

船着場には衛兵が立っていて、一人ひとり厳重に調べた。

この工場で、ぼくたちは、「すりあわせ」という仕事をしていた。「すりあわせ」というのは、特潜の船体に円筒形の部分をつなぐために、接着させる部分をグライダーやヤスリで平らにする作業をいうのだ。最近造っている特潜は、真珠湾に使った型を改良したもので、前がふたまたになり、電光射管が二門、それとわかる形でついていた。

初めの頃のものは二人乗りで、便所もなく一升ビンを持って乗ったといわれていた。新しいものは三人乗りで、二門の魚雷発射管を備えたもので、威力があるといわれていた。

特潜の乗組員も早くから決まっていて、そのうち一人は、作業の監督をしたり、手伝いをしたりした。その特攻隊員たちは、じつに明るく元気のよい立派な人たちだった。

「学生さん、これがおれたちのカンオケになるんだから、途中で故障を起こさんように、うまく造ってくれよ」

などと、よく冗談を言っていた。ぼくたちは死を前にして、あれだけ明るく生きられる軍人というものに心を打たれた。

組長は、こんなふうに言っていた。

「あの兵隊さんたちは、近いうちに軍神になるんじゃけんのう――。よう話を聞いて、言う通りにしてあげてくださいよ」

本当に、あの人たちは、生きている軍神なのだと、いつも考えながら付き合っていた。ぼくたちは、その隊員たちに、こんな歌を教えてもらった。

天皇陛下万歳と
叫ぶもはるか海の底
聞いてくださいおかあさん
遠いはるかな真珠湾

とてもさびしい、悲しい歌だった。歌っていると、戦死して軍神となった軍人たちが、波の底から呼び掛けてくるような響きがあった。歌いながら、特攻隊員の気持ちが胸にしみじみ迫って、涙が出そうになるのだった。あんなに勇敢で明るい水兵が、どうして、こんなに暗く悲しい歌をうたうのだろうか、これが本当に人間の気持ちだろうかと思った。

ときどき、本部から偉い士官がやってきて、学徒や工員を集会所に集め、

「自分は××中佐である。特潜何号を造ったものは手をあげろ!!」

と言って、手をあげさせるのだ。そして、

「今、手をあげた者は自慢をしてよい。なぜなら、その特潜は、○○方面において敵巡洋艦を撃沈した。諸君の造る特潜は各方面において、ぞくぞくと戦果をあげつつあるのだ。皇国の興廃《こうはい》この一戦に在り。勝抜くために真撃敢闘、各員一層奮励努力せよ」

というような訓示をするのだった。それを聞いて、ぼくたちは、自分たちの仕事が直接お国のためになったという実感がわいて、よしやろうという気持ちになるのだ。しかし、一緒に働いていたあの水兵さんは、確実に死んだと思うと、自分たちが殺したような感じがして、たまらなくなる。仕事に精を出すほど、たくさんの特攻隊員を殺すことになるということが、はっきりわかるのだ。しかし、これも、日本が勝つためだからしかたがない。ぼくたちも、後に続いて軍人になるための試験を受けに帰ってきたのだから、少しは肩身が広くなったような感じがした。

福本の話は、以上のようなものだった。

ぼくは、ときどき質問しながら、かれの話を興味深く聞いた。そして、特潜基地というものが、もっとも鋭く、今の日本の状態を象徴しているように感じた。

明日を知らぬ命をかけている若者たちに恥ずかしくないように、ぼくも頑張らなければという思いを深くするのだった。

敗戦

七月下旬――、熊本予備士官学校は急に岡山県、津山に疎開することに決まった。（一九四五年七月、津山陸軍予備士官学校と改称）理由は、本土決戦が長引き、長期戦になった場合のことを考え、九州にある二つの予備士官学校を、一つもない中国地方へ一つ移すことになったというのだ。七月二八日、軍用列車に兵器も馬もすべて積み込んだ。そして、全員が乗り込んで、夜の熊本駅を発車した。列車が北へ進んでいくにつれて、赤々と燃えあがっている町が近づいてきた。大牟田市だ。前日の空襲でやられたのだ。朱色の炎の中に、林立する煙突が浮かび上っていた。辺りは静かで人影も無かった。火だけが音を立てて燃えさかる無人のようになった町は、何か無気味な妖気が立ち込めていた。プラットホームに駅長らしい人がたった一人、机の前に坐っていた。机の上には、ろうそくの炎が揺れていた。これが九州で見た最後の風景だった。後は暗闇の中を走り続け、外の景色は見えなかった。移動中、ぼくは戦友たちと銃を抱えたまま戦艦「大和」の話をしていたが、いつの間にか眠ってしまった。

翌日姫路まわりで津山駅に着いた。津山も吉井川に沿った落ち着いた城下町だった。学校の本部は、津山市の中学に置かれ、この日から校名も「津山陸軍予備士官学校」と改められた。そして各中隊は近くの小学校に駐屯した。ぼくたちの歩兵砲中隊は、勝間田駅の近くの小さな小学校に配置され、教室に毛布を敷いて宿泊するようになった。小学生は、夏休みになっているためか、姿は見かけなかった。

八月になった。真夏の太陽がギラギラと照りつける中で、激しい猛訓練が続いた。この辺りは狭い平地が谷間のように続き、両側にはかなり急な斜面の山地がそそり立っていた。地理で中国山脈は老年期の山地だと習っていたのに、予想外に高い山なみが連なっていた。

この山地を利用して、高地から射撃する訓練をした。そのためには歩兵砲を分解して、担いで運ばなくてはならない。これを分解搬送といった。砲身や砲架などそれぞれを二人一組で担いで、山道や崖をよじ登る時の苦しさは、例えようがない。呼吸ができなくなるほど喘ぎながら、全身汗塗れで厳しい訓練を続けた。そしてようやく実弾射撃が出来るだけの技術を習得した。

また、完全武装による強行軍や、対戦車肉薄攻撃（敵戦車に、直接竹竿などの先に成形炸薬や手榴弾を付け飛び込む自爆攻撃）などの猛訓練も続け、本土決戦となればいつでも米軍と戦える態勢を整えていた。

八月六日、広島市に原子爆弾が投下された。広島は一瞬のうちに焦土と化し、数十万人が死傷した。しかし、新聞は特殊爆弾を落とされ、かなりの被害が出たとだけ簡略に報じた。ぼくは、「マッチ箱一個の大きさで富士山が吹っ飛ぶ」という父の話が頭にひらめいたが、これが原子爆弾とは知らなかった。

八月八日、ついにソ連が対日宣戦を布告した。いよいよ来るべきものが来たと、かえって張切る者もいたが、ぼくは動揺を隠せなかった。満州には、警察署長をしていた叔父と電電公社に勤めている人に嫁いだ叔母がいるからだ。精強を誇る関東軍がいるが、ソ連軍に勝てるだろうか？もしソ連が侵入して来たら、叔父や叔母はどうなるのだろうか……。

ぼくの頭の中の満州地図のソ満国境に、怒涛のように押し寄せてくるソ連の巨大な重戦車群が、ありありと浮かんできた。桁外れに長く口径の大きい一本の戦車砲をつけた鉄牛の群が、王道楽土、満州国を踏みにじってしまいそうな予感がするのだ。

ぼくたちの歩兵砲中隊の山田区隊長も苦渋の色を浮かべていたが、日本は絶対に敗けることはないから、必勝の信念をもって訓練に励むようにと語った。けれども、予備士官学校も、ソ連軍の上陸に備えて山陰の沿岸警備に出動するらしいと噂が流れた時の、ぼくたちの衝撃は口でいえないくらい大きかった。

八月九日、長崎にも原爆が投下された。

八月一三日、山田区隊長（すでに大尉になっていた）は、陸士の同期生の会があるといって東京へ出張した。また、この頃、どういうわけか写真屋が来て、ぼくたち一人ずつの写真を撮っていった。しかし区隊の集合写真は撮らなかった。

ぼくたちは間もなく実施される、一期の訓練習得の検閲を通過出来れば軍曹になれるといわれ、相変らず猛訓練が続いていたし、入校以来まだ一度も外出は許されなかった。

八月一五日、この日は特別に暑い日だった。太陽は、朝からじりじりと照りつけ、草も木もぐったりとしていた。ぼくたちはいつものとおり砲を引いて近くの山へ訓練に行った。測距儀《そっきょぎ》を立てて、距離を計っていると、思いがけない近くの木の枝で、ツクツクボウシが鳴きはじめた。もう夏も終りに近づいていた。

区隊長は、まだ東京に出張中なので、岡崎見習士官が指揮をとった。この日、彼はどうしたわけかひどく厳しかった。ちょっと動作が遅いだけでも候補生を殴りつけた。しかし、ぼくたちには、その理由がわからなかった。その日も普通通り五時頃まで訓練が続けられた。終わると、元気よく軍歌を歌いながら小学校に帰ってきた。

翌、一六日も同じように激しい訓練が続けられた。この日の帰途、二人の村人が、ぼくたちの傍を通りながら、

「兵隊さんも、気の毒なことじゃのう」

「ほんとうに、これからどうなるんじゃろう」

と囁き合うことばを耳にした。ぼくたちには、何のことかちっともわからなかった。

その日の消灯後、見習士官に全員校庭に呼び出された。彼は、ガマガエルのような目でぼくたちを睨みつけながら、

「貴様たちは、最近たるんどるぞ!!軍人精神を叩き込むために、お互いに鍛え合え!!わかったかっ!!」

と、何ものかを怒っているように怒鳴った。ぼくたちは、互いに向き合って殴り合いをさせられた。「がんばれよ」とか、「しっかりやれっ」のことばに火がつき、殴り合いを始めだ。ぼくは、伊藤と組んでしかたなく相手を殴った。彼も殴り返してきた。

暗い校庭で、狂気のような殴り合いが繰り返されていた。

「まてっ‼いったい、誰がこんなことをやれといったのだ‼」

突然、激しい怒鳴り声が降ってきた。ぼくたちは、声の方を見てハッとし、不動の姿勢をとった。そこには、いつ帰ってきたのか山田区隊長が立っていた。

「自分であります」

岡崎見習士官が勢いよく前に出て敬礼した。

「勝手なことをするなっ‼」

区隊長は、そう叫んだかと思うと、激しい拳打ちが見習士官の頬にとんだ。彼は不意を打たれて、ばったりと地上に倒れた。区隊長は、それには目もくれず、

「解散‼」

と叫ぶと、靴音も高く引き上げていった。

*　　*

八月一七日、朝食後、中隊全員が運動場に集合し、中隊長から終戦の詔勅が読み上げられ、日本の敗戦が伝えられた。八月一五日すでに戦争は終結していたというのだ。

ぼくたちは、ショックを受け、感情の欠如、茫然自失の状態に陥った。急に日本が敗けたといわれても信じられない。ぼくたちの今までの生活の中では、戦争は無限に続くものであり、途中で終わったりするものとは思われなかったからだ。まして敗けるなど考えられないことだった。大部分の者は、魂が抜けたようになり、中には帯剣で切腹しようとして果たせなかった者さえいた。ぼくもあまりの衝撃に、何故敗けたのか、この先どうなるのか、どうすればいいのかと不安が頭を駆け回り、極度の緊張状態から不眠に陥ってしまった。

敗戦という現実は日を追うごとに、ぼくを虚脱と苦悩の淵に追い詰めていった。

＊　＊

八月三〇日、津山陸軍予備士官学校の閉校式が、本部のある中学校で行われた。

各地に分散していた中隊は、完全武装で軍歌を歌いながら続々と結集した。

それから、教室に仕舞込んだ兵器類のグリスをべとべとに塗った小銃や帯剣、双眼鏡やら何やかやが、教室に山のように積み上げられた。これは全部、米軍に引き渡すための作業だった。つまり敵軍によらない武装解除ということだった。

戦争に敗け、日本の軍隊は無くなるという悲哀感が、ひしひしと胸に迫ってくる。アメリカ軍が立ち合っていないのが、まだしもの救いだった。

午後八時、全員運動場に整列し、閉校式が挙行された。

天皇・皇后のご真影を前にして、校長が終戦の詔勅を奉読した。校長は真新しい軍服に、まっ白い手袋をはめていた。ベタ金に星二つの中将のえり章が裸電球に輝いていた。

校長は、何度も声を詰まらせた。候補生たちも涙をこらえて、天皇のおことばを読み上げられるのを聞いた。

次いで、校長が閉校の辞を述べた。

校長は敗戦を招いた責任を〝天皇と幾百万の英霊に詫び〟、戦争が終結したのは〝天皇のご英断によるものである〟と言った。そして最後に、

「明治以来、皇国日本を守り続けてきた精鋭無比のわが国の軍隊は消えてゆくのである。

……伝統あるわが陸軍予備士官学校も、今日でなくなってしまうものである。

……しかし、皇軍の精神は……尽忠報国の大和魂は、永久に消えることはないであろう。

……諸君は、今後、どのような困難な事態に合おうとも、軍人精神を忘れず
……祖国再建と国体護持のため、粉骨砕身してもらいたい。

……そうして、国軍が再建される時には、皇国護持のため、再び馳せ参じてもらいたい」

校長は、感涙にむせびながら、途切れ〳〵に絶叫した。あちらこちらに、すすり泣きの声が起り、それが、波のようにひろがっていった。

最後に、詔勅類と軍旗に火をつけた。

軍旗は、ボロ布のように燃えあがった。

『とけた学徒』（「父が語る太平洋戦争──空と海を血にそめて」より）

軍港

昨年（昭和四十二年）の夏、わたしは二十二年ぶりで呉港をおとずれ、おどろきの目をみはりました。なぜなら、太平洋戦争末期、勤労動員学徒として、ここではたらいていたころとかわらない光景が、わたしの目にうつったからです。

町にも、港にも、むかしの海軍とおなじ軍服を着たわかものたちがあふれていました。短剣をつった、りりしい士官にもであいました。もとの海兵団は、呉教育隊となり、童顔の少年兵たちが、むかしとおなじように訓練にはげんでいました。みんな軍服がよくにあい、わたしが戦時中にみた海軍軍人たちと、すこしもかわりませんでした。

港には、駆逐艦、潜水艦などいろいろな艦船が、むかしとおなじ場所につながれていました。そして、それらの軍艦には、帝国海軍の象徴であった軍艦旗が、へんぽんとひるがえっていました。

海軍が海上自衛隊、駆逐艦が護衛艦と名まえはかわっていても、すべてむかしのままだとわたしはおもいました。

造船所の黒い工場の列、明治のにおいのする赤レンガの建物、巨大なドック、空間をつきさしてそびえるさまざまなかたちをしたクレーン、これらも、すこしもかわっていませんでした。かわったところといえば、むかしとくらべて軍艦が小型になっていること、マンモスタンカーをつくっていること、また造船法の進歩によって、あの機関銃のような打ぼう機のけたたましいおとが、ほとんどきこえなくなったことくらいです。

わたしは、タイムマシンにのって、戦争時代にぎゃくもどりしたようなさっかくをおぼえました。

明治以来、日本海軍のもっとも重要な作戦基地として、数知れない艦船が出撃し、また傷ついてかえってきた呉軍港—、その栄光と悲惨な戦争の歴史をきざんできた呉軍港は、敗戦後も『死なない蛸』のように、生きつづけているのでした。

わたしは、岸壁にたって、港の戦艦をみつめました。プラモデルのような軍艦に、ま夏の太陽がふりそそぎ、隊員たちのうごきも、なんとなくのどかでした。戦時中、ここで海と空の死闘がくりかえされ、おびただしい青春の血がながされたことなどうそのように、軍港は平和な空気がよどんでいました。

(しかし、これがほんとうの平和といえるのだろうか?)

わたしの頭の中に、硝煙と死のにおいのたちこめるベトナムの戦場がうかんできました。

わたしは、目をこらし、耳をすましました。すると、ふいにあたりの風物がとおざかっていって、あのころの風景がまざまざとよみがえってくるのでした。軍艦が大型にかわり、造船所が戦場のようにすさまじいおとがふきだし、空襲警報がなりひびき、高角砲が火をふきー。

そうです。あのころ、わたしはたしかにここにたっていたのです。空腹をかかえ、油によごれた作業服を着て、ハンマーをにぎりしめた工員のすがたでー。

造船部の仕事

昭和十九年八月下旬―わずか一週間の夏休みがあっただけで、わたしたち愛媛師範学校本科二年生百六十名は、呉海軍工廠へ動員されたのでした。

この年の七月七日には、サイパン島が玉砕（全滅）し、日本の敗色はしだいにこくなりつつありました。ですから､学徒と言っても勉強どころではありませんでした。中等学校以上の学徒は、男女をとわず生産増強のために、工場に動員されるようになったのです。

しかし、わたしたちは、日本が負けるなどとは、夢にもおもっていませんでした。「撃ちてし止まん」の精神をもち、「一億火の玉」となってたたかえば、さいごには、かならず勝つと信じていたのです。そして、そのためには、兵器の生産に全力をつくすことこそ、わたしたち学徒の使命であり、祖国をすくう道であるとかんがえていました。

動員されると、まず工場や軍艦や海兵団の見学がありました。

海兵団では、十五、六歳くらいの少年兵が分隊行進の訓練をつづけていきました。ながれる汗をぬぐおうともせず、おこったように、前方をにらみつけてあるいている少年たちの顔は、真剣そのものでした。わたしは、そのはげしい気はくと行進のすばらしさに胸をうたれました。でも、まだ子どもっぽい少年たちが、これだけになるためには、どれだけきびしいきたえかたをされたのだろうとおもうと、いたいたしい気がしてきました。

つぎに一週間の養成期間があり、タガネ（鉄をきるノミのようなもの）や、ヤスリや、いろいろな工作機械のつかいかたなどの練習をしました。タガネをハンマーでうつとき、自分の手をうち、血みどろになることもありました。それでも、歯をくいしばって練習をつづけたのでした。

それから、わたしたちは造船部に配属され、はじめは、木工の仕事をすることになりました。最初の仕事は、潜水艦の艤装工事でした。艤装というのは、進水した艦船に、いろいろの装備をほどこして完成させる工事をいうのです。この潜水艦はイ二〇一号といって、最新式の高速潜水艦でした。艦橋などすべての部分がぼう水式をしていて、ひじょうに単純化されており、いまの原子力潜水艦ににていました。

わたしたちは、魚雷発射室にしく、わたりろうかのようなものを、木でつくる作業をしました。仕事はかんたんでしたが、艦内は風のはいるすきまもない密室なので、ものすごいあつさでした。じっとしていても、汗がからだからふきでました。しかも、ダダダダダダというすさまじい打びょう機のおとが、艦内にこだまし、こまくがやぶれそうでした。

勤務時間は、午前七時から午後五時までということになっていました。しかし、毎日残業があるので、午後七時まではたらかなければなりませんでした。昼休みなどの休けい時間をのぞいても、十一時間労働になるのです。

宿舎にかえると、五分まえのフエによってうごかねばならない海軍式のきびしい寮生活がまっていました。しかも、食事は、わずかの量の大豆めしや、こうりゃんめしでした。

潜水艦の仕事がおわると、こんどは、空母葛城の弾薬庫の弾丸をならべる、木の部分をつくる作業をしました。ここも、空母の底のほうにあるので、たいへんなあつさでした。このころの工廠は、空母と潜水艦の建造に、全力をつくしていたようです。わたしたちは、空母天城の進水式に参列し、駆逐艦より大きな大型潜水艦を艤装工事もしました。

こうして、あつさにも、はげしいおとにも、くるしい作業にも、空腹にもたえながら、ひっしになってはたらいていたのです。これらの軍艦を一日でもはやく完成させることが、勝利への道につながると信じてー。

とけた学徒

それでも、戦局はますます悪化し、日本軍はじりじりと後退をつづけていました。軍艦をつくる資材もだんだん不足してきました。しかし、動員学徒の数だけはどんどんふやされていきました。そして、「生産攻勢」をあいことばとして、男女の区別なく危険な現場ではたらかされるようになりました。

あどけない顔をした少女が、いかめしい電気溶接の面や道具を、さいほうのつつみでももつようにかかえているすがたを、よくみかけました。わたしは、それをみて、胸がいたくなるようなおもいがしました。

十一月ごろから、内業（工場内でする仕事）になり、夜勤（昼まねむって夜はたらく勤務）もするようになりました。仕事は、鉄で軍艦の部品をつくる作業でした。

夜勤になっても、昼まはなかなかねむれるものではありません。そのため、夜中の一時、二時ごろになると、ねむくてたまらなくなり、作業をしながらうとうとしてしまうのです。そのうえ、つかれと空腹がかさなっているのですから、これで事故がおこらなかったらふしぎです。しかも、工廠の中は、危険がいっぱいでした。

わたしたちは、しょっちゅう、大けがをしたはなしをきいたり、ときにはみたりしていました。クレーンで移動している鉄板がおちてきて、おしつぶされて死んだはなし。旋ばんにまきこまれて、うでをもぎとられたはなし、ドックにおちて、カエルのようにペシャンコになったはなしなど――。

それでも、「事故をおこさないように」という注意もなく、危険な場所ではたらく人でも、ヘルメットさえあてられていませんでした。これは、人のいのちよりも、兵器をはやくつくることを第一にかんがえていたからにちがいがありません。

そんな中で、わたしも、鉄片がつめをつらぬいてつきささったことがありました。それで、医務室へいくと、こんなささいなけがでくるやつがあるかと軍医にしかられ、マスイもかけずに生づめをメスでえぐられました。そのときのいたさといったら、たとえようがありませんでした。

わたしの親友の田宮は、グラインダーで、あっというまに右手の人さし指の第一関節から先を、すりつぶしてしまいました。かれは、字を書くにも、銃の引き金をひくにも、いちばんたいせつな指の部分をうしなってしまったのです。

十二月にはいると、きゅうに寒さが身にしみるようになりました。けれども、いくら寒くてもあたたかい防寒着もないのです。それで、できるだけからだをうごかして、寒さをしのぐほかはありませんでした。

ことに、夜勤のときの寒さは、ひどくこたえました。工員たちは休けい時間をまちかねて、石油かんの中で、たき火をしました。わたしたちがあたりにいくと、木をもってこないとあたらせないというのです。鉄工場ですから、木ぎれなどはおちていません。わたしたちは、ふるえながらとおいところまで木をさがしにいっては、たき火にあたらせてもらうのでした。

「ぬくいところをみつけたぞ！」

ある日、坂本がこういって案内してくれたのは、メッキ工場でした。この工場の中央部には、プールのようなメッキ槽がありました。その中には、メッキにつかう亜鉛が、高温でどろどろにとかされ、ふっとうしていました。この中に、パイプなどメッキするものを、一定時間つけておくと、メッキができるのです。

この工場内は、暖房がきいているように、あたたかでした。ですから、休けい時間には、たくさんの学徒や工員が、ぬくもりにきていました。わたしたちも、夜勤のときには、ここへきて、からだをあたためることにしました。もう、木ぎれをさがさなくてもよくなり、しかも、からだのしんからぬくもるので、みんな大よろこびでした。

十二月下旬のことでした。その週は昼勤なので、朝出勤していると、夜勤のかえりの友だちにあいました。

「おい！たいへんなことがおこったぞ！学徒がメッキ槽におちて、とけてしもうたそうじゃ！」

池田は、こうふんした声でこういいました。

「えッ？学徒がとけたッ？」

わたしたちは、おどろいて、池田をとりかこんで、いろいろたずねました。かれのはなしによると、その日の夜の休けい時間に、中学生がメッキ槽の中におちこみ、ふっとうする亜鉛の中にとけてしまったというのです。なんというおそろしい死にかたでしょうか。おそらく、その学徒は、つかれと、ねむたさのために、ふらふらとして、メッキ槽にのめりこんだにちがいがありません。わたしは、はげしいショックをうけました。

その日の昼休み、メッキ工場にいってみますと、入り口に、「作業員以外はたちいりを禁ず」というまあたらしい木の札がかけてありました。

空襲

わたしたちは、数か月工廠ではたらいてるうちに、日本海軍は大打撃をうけ、軍艦の数はすくなくなっていることをしりました。しかし、まだ戦艦大和が健在であることに、大きな希望と期待をかけていました。ある日、その戦艦大和が、かえってきました。わたしたちは、この世紀の巨艦を熱狂してむかえました。

大和がドックいりすると、わたしたちは、さも、仕事があるようなふりをして、見学にいきました。大和のひろい甲板は、ゆるやかなカーブをえがいてへこみ、そのいちばんひくくなったところに、巨大な三連装の主砲が空をにらんでいました。そして、不沈戦艦の名にふさわしく、無数の高角砲と高射機関銃におおわれていました。まるで、ハリネズミのようでした。

「うわあッ!さすがに大きいなあ!」

「これなら、飛行機がたばになって攻撃してきても、ちかよることさえできんねえ。」

わたしたちは、感嘆の声をあげ、この大和がいるかぎり、いまに大戦果をあげてくれるだろうと、かぎりない期待をかけていました。そして、空襲があっても、びくともしないぞとおもっていました。

呉は、昭和二十年三月上旬までは、ふしぎに空襲がありませんでした。工員たちのはなしによると、呉は要塞地帯で、軍艦もたくさんいるので、その対空火砲をおそれて来襲できないのだといっていました。ところが、この予想は、みごとにうらぎられました。

三月十七日―よく晴れた日でした。朝から二百数十機のグラマンの大群が、空をおおって来襲したのです。そして、停泊中の空母や、戦艦や巡洋艦をねらって、しつような急降下爆撃をくりかえしました。

ダーン、ダーン、ダーン、

ダダダダダダ……

背後の山にかくされていた対空陣地の高射砲、軍艦の高角砲や機銃が、すさまじい砲火をあびせて、敵機をむかえうちました。

呉軍港は、いっしゅんにして、地獄のような戦場となったのです。青空は、乱舞する敵機と、砲弾のさくれつによってできる煙が、無数のはん点となってちらばっていました。

敵機は、まるでスポーツでもするかのように、勇かんに軍艦におそいかかり、小型爆弾をおとすのでした。空と海のたたかいは、あきらかに軍艦の負けでした。空母竜鳳、重巡利根、大淀などは、直撃弾をくらって火炎をふきあげ、もえはじめました。ちょうど、十二月八日の真珠湾攻撃のときと、ぎゃくの光景が展開したのです。

わたしは、空襲警報のとき便所へいっていたためににげおくれ、道路上で機銃掃射をあびました。わたしは、とっさに、山ぎわに身をふせました。機銃弾が、ダッダダッダッと、地上をはってきました。「やられたッ!」と、わたしはおもいました。でも、弾は一メートルばかりそばをとおりぬけたのでした。「たすかった」とおもうと、どっと恐怖がおしよせてきました。

この日をさかいとして、敵機はたびたび呉へも来襲するようになりました。

四月下旬のことだったとおもいます。わたしは、資材倉庫へ電気ドリルをかりにいったかえりに、製かん工場に友だちの池田をたずねました。ひろい工場の中には、さまざまなボイラーがならび、目のくらむような、紫白色の溶接の閃光がきらめいていました。鉄と塗料のとけるにおいが鼻をつきました。

池田は、溶接の面をおきながらいいました。

「ボイラーをつくっても、すえつける軍艦もないのに、われわれをあそばせておくのはもったいないものじゃから、こうして、いりもせんボイラーをつくりよるんじゃ。」

「うちも同じでね。㈥(まるろく。人間魚雷回天のこと。)の潜望鏡のところを、毎日、五つずつつくっているけど、これもむだな仕事らしいよ。」

わたしが、こういったとき、ふいに、警戒警報もないのに、空襲警報のサイレンがなりひびきました。

「また、定期便がおいでなすったな。じゃあかえってくるよ。」

わたしは、いそいでそとにとびだし、工場にそって走っていきました。

そのとたん、ズズーン、ドカーンというものすごいおとともに、全身にはげしい衝撃をうけ、地面になげだされました。耳がガーンとなり、目のまえが暗くなったような気がしました。

(しまった!爆弾だ!こんどこそだめだ!)

わたしは、たおれたまま顔をあげると、七、八十メートルはなれた海岸にある工場に直撃弾が命中し、もえあがっていました。わたしは、うごくと、また機銃掃射をうけそうな気がするので、運を天にまかせて、その場にふせていました。

あたりはしずかになりました。グラマンは二、三機来襲しただけで、すぐとびさったようでした。わたしは、おきあがり、よろめく足をふみしめて、爆撃をうけた工場へあるいていきました。

とちゅうに、爆弾によって直径五メートルくらいの穴ができ、みるみるうちに水がたまっていきました。

無残に破かいされた工場のそばにいったとき、わたしはおもわず息をのんでたちすくんでしまいました。わたしはみたのです。手や足がひきちぎられて、血みどろになってたおれている学徒を―。顔がやけただれて風船のようにふくらみ、虫の息になっている手や足を―。おりかさなるようにしてたおれている破かいされた肉片を―。人間の声とはおもえないようなうめき声をあげている人びとを―。おびただしい鮮血がおともなくふきだし、血と硝煙のにおいが、あたりにたちこめていました。

わたしは、おもわず目をそむけました。

(むごい。あまりにもむごすぎる。でも、これが戦争なのだ!)

わたしの胸は、おしつぶされるようにくるしくなりましたが、どうすることもできませんでした。

そののち、たびたびの空襲で、おおくの軍艦は大破し、工場は破かいされ、数えきれないほどの学徒や挺身隊や工員たちが死んでいきました。そして、終戦まえには工場は鉄骨ばかりになって、とおくからは、カヤをつったようにみえたということです。けれども、わたしは、五月上旬まで呉にいただけで、そののちは、特別甲種幹部候補生として、熊本陸軍予備士官学校に入校したのですが—。

＊　＊

わたしは、はっとわれにかえりました。目のまえには、やはり二十二年まえとおなじ光景がひろがっていましたが、たっているのは、しらがのみえはじめた四十男のわたしでした。

この造船所ではたらいている人も、ここでわたしと同じ体験をした人はあまりいないとおもわれます。まして、「学徒がとけた」などということは、ほとんどしらないにちがいありません。

しかし、かんがえてみますと、学徒はすべて戦争という巨大なルツボにほうりこまれて、みんなとかされていたのではないでしょうか。そして、真実がみえないようにされ、なにもかんがえずいのちをかけて命令どおりにたたかう機械—戦争ロボットにつくりかえられていたのではないでしょうか。また、それは学徒だけではなく、すべての日本国民についてもいえることではないだろうか—わたしは、国産のへさきの垂直な黒い潜水艦をみつめながら、そんなおもいがするのでした。

（表記は原文のまま）

初版発行　昭和44年5月　童心社

第四章

ぼくの平和への想い〈キーコンセプト〉

戦争が終わり、民主主義とは何か勉強し、軍国主義の何が悪かったのか考えました。それまで、中国に日本軍がいることに疑問を感じなかった自分自身が悔しかった。戦争ロボットにされていたと思いました。機銃掃射で腕がちぎれ、血まみれになった学徒、空襲で黒焦げになっていた母子……。戦争では多くの死者を目にしました。

戦争放棄や基本的人権、表現の自由が盛り込まれた憲法が、敗戦から立ち直る光に見えました。死者のためにも戦争の真実を語り継ぎ、平和を守らないといけない。小学校の教諭時代、子どもたちにも、そうなってほしいと願いながら、子どもたちに接してきました。

紙芝居や戦争を描いた児童文学を活用し、子どもたちに戦争の姿を伝えてきました。私自身の体験を伝える本も書き、体験を語りました。「教え子を再び戦場に送るな」という思いが切実だったのです。(「平和の大切さを伝える語り部に」より)

宮野英也からのバトンを受け継ぐのは、生きている私たち、そのことを霊前に誓おう。

第四章　ぼくの平和への想い〈キーコンセプト〉

論考―1　『加害と被害の両側面　平和創造へ力を育てる』

―現代とつなぐ新しい視点、戦争児童文学を子どもたちに―

戦後六十三年、日中・太平洋戦争は、現代を生きる多くの人にとって、あまり関係のない歴史上の出来事になっている。しかし、地球上に戦火は絶えず、日本でも自殺などで毎年多くの尊い命が失われている。その中で、戦争児童文学では近年、新しい題材や視点、表現による書籍が出版されている。

『冒険がいっぱい』（和田誠、文渓堂刊）は、戦時中の子どもの体験をリアルに語りながら、怖い話や不思議な話を織り交ぜ、ファンタジックな物語にしている。

『わたしたちのアジア・太平洋戦争』全三巻（童心社刊）は、愛媛県出身の古田足日氏が中心となって編集した。

古田氏は、戦争体験では被害体験が語られてきた一方、日本の侵略戦争による加害体験も語らなければならないとしている。そうした観点で元憲兵が罪を語り、中国に行って遺族の前でわびる話や、中国や台湾などの人たちの手記を載せている。

『おはなしのピースウォーク』全六巻（日本児童文学者協会編、新日本出版社刊）は、日本政府が自衛隊イラク派遣を推し進めた時代に刊行された本で、何人もの著者が自分の体験や身近にかかわったことなどを、SF的な要素を含んだ手法でもう一歩進めている、今までの戦争体験を中心とした戦争児童文学とは異質のものだ。また主人公が現代人なので、今の子どもたちも等身大で戦争を身近に感じ、興味を持つのではないだろうか。

また、海外でも、戦争の加害と被害の側面を見据えた若い世代向けの作品が次々に出ている。『ベルリン1919』『ベルリン1933』『ベルリン1945』全三巻（クラウス・コルドン、理論社刊）は、戦争を起こしたナチズムとは何だったのかを歴史的に問いかけ、一般市民が悲劇に正面から向き合っている。

『アントン　命の重さ』（エリザベート・ツェラー、主婦の友社刊）は、ナチス政権下では、ユダヤの人々と同じく、障害を持つ人々も差別されていた。「優秀で健全」なドイツ民族の血統を残すためには、それ以外のものは排除しなければならない、とされていたからだ。しかし障害児がいるアントン一家は、ナチス政権に屈することなく戦い続けた物語。

戦争の直接体験が少なくなってきた今、親や教師が戦争児童文学を読み、子どもたちに戦争と平和の真実を伝えるべき時代になったと考えている。戦争を題材にした数百冊の子ども向け読み物が出版されており、図書館に行けば、学年に応じた作品を紹介してもらえる。ぜひ、読んでいただきたい。

子どもたちに、戦争児童文学と出合わせ、親子で話し合えば、現代史を学ぶこともできる。その中で現実を見つめ、自分で考え、真実をとらえる力を養ってほしい。

それが、命と人権の大切さを理解し、平和な未来を創造する力や生きる力を育てることになる。

論考―2

―現代とつなぐ新しい視点　戦争児童文学を子どもたちに―

『現代の子どもをどうとらえるか』

「現代の子どもをどうとらえるか」という問題は、教育においても、児童文学の立場からも重要なテーマとして、さまざまな論議がなされてきた。しかし、明確な子ども像がとらえられず、親や教師さえも、「子どもが見えない、わからない」と悩んでいる中で、私たち大人が理解できないようなショッキングな出来事が次々に起こった。

いじめ、非行の増大、校内（家庭内）暴力、子どもによる殺人、自殺、登校拒否等である。純真で無邪気と考えられてきた子どもが、なぜこのように変わってしまったのだろうか。

現代の子どもの変化について、二児の母親でもあるアメリカの社会学者マリー・ウィンは、『子ども時代を失った子どもたち―何が起っているか』（サイマル出版会刊）の中で、〝子どもの成長発達にとって、遊びの果たす役割は極めて大きなものがある。このことは、何ら疑問なしにごく普通に認識されているところである。しかし、現状としては、遊びは、その重要性を言われている割には大人の中では、学歴社会の対極に位置付けられてしまっている〟と、このように述べている。

つまり、子どもの〝黄金時代〟は過去のものとなった。子どもたちの〝保護の時代〟は終わりを告げ、大人の社会へ入るための〝準備の時代〟となった。その原因は、テレビを中心とするマスコミの影響力、また家庭環境においては離婚などによる家庭の崩壊、さらに肉体的な早熟などによるものから、子どもは早くから大人の世界に巻きこまれ、大人と子どもとの境界がなくなり、〝子ども時代〟が喪失したというのである。その結果、性的な早熟も含めて大人びた子どもと、子どもっぽい幼稚な大人の世界になってしまったというわけである。

とくに日本では、いわゆる学歴社会、競争主義の中で、子どもは子どもらしくという発想を失って、いい学校に入る準備教育に早くから駆り立てられることから、子ども時代がなくなりつつあると思う。子どもの非行や登校拒否や自殺等は、〝子ども時代〟を奪おうとする大人、学校、社会への反乱とも考えられる。

『マー先のバカ—小学5年生が遺した日記』（青春出版社刊）は、小学五年生の時遺書を残して自殺した杉本治君の日記であるが、その中で、「勉強」という題の詩を書いている。

勉強をしてどうなるのか
やくにたつ、それだけのことだ
勉強をしないのはげんざいについていけない
いい中学、いい高校、いい大学、いい東大
そしていい会社、これをとおっていって
どうなるか、
ロボット化をしている
こんなのをとおっていい人生というものを
手でつかめるのか
（四年生の時の作品）

杉本治君の作品を読むと、小学生の時〝子ども時代〟を失って、青年期の悩みを悩み、それに押し潰されてしまった、幼い魂の救いを求める声が聞こえてくるようだ。

提言―1　『喜び体験大人も努力を　語り聞かせや子ども文庫』

―読む子　読まない子　両極化　読書週間に寄せて―

（愛媛新聞二〇一一年一〇月三一日）

一〇月二十七日から読書週間が始まったが、子どもたちの本離れが深刻化している。
「学校読書調査」（全国学校図書館協議会）によると、次の通りである。

〈一カ月の読書量〉

	（一九九七年）	（一九九八年）
小学	六・三冊	六・八冊
中学	一・六冊	一・八冊
高校	一・〇冊	一・〇冊

〈一カ月の無読者数〉

	（一九九七年）	（一九九八年）
小学	一五％	一七％
中学	五五％	四八％
高校	七〇％	六七％

一カ月に一冊も本を読まなかった小学生一七％というのは過去最悪で、子どもたちの読書量は三十年間で半減した。
その原因は、根強い学歴偏重の風潮の中で、学習塾通いの低年齢化が進み、お稽古事、テレビ、パソコンゲームなどで、読書の時間が奪われていることなどが考えられる。
しかし、望みがないわけではない。九八年は僅かながら読書量が増え、中学、高校生の無読者が減っている。また、公立図書館の子どもの登録者は、子ども人口の約三割に達している。ということは、読書をよくする子どもと、しない子の両極化が進行していることである。だから、無読者に、ゲームなどとは異質の本の世界の面白さに気づかせ、読書に導けば、活字離れに歯止めをかけることができるはずである。

子どもが読書を好きになるきっかけは、「小さいころから本を与えられ、読み聞かせや、お話をしてもらったから」が圧倒的に多く、「家族によく本を読む者がいたから」「学級文庫ができたから」「学校図書館で本を借りてから」などとなっている。

そこで、読書の好きな子に育てるには、乳幼児期から発達段階に即して、子どもの喜ぶ面白い本の読み聞かせ、語り聞かせをすることが第一である。これは早すぎる害の心配のない、最も効果のある早期教育の方法でもある。子どもが自分で本が読めるようになっても、読み聞かせ、子どもに読ませて聞く、輪読などの形で続け、それを親子読書に発展させるとよいと思う。

小学生になっても本を読もうとしない子どもには、その子の個性、興味、能力を考え、一番好きなことに関する本を手渡し、自分の興味のあることに役立たせて、読書に導くようにする。また、子どもが本を読み続けていくためには、読みたい本をすぐ手にすることができる読書環境と、読書の相談や支援をしてくれる大人がいることが必要である。そこで、家庭、学校、地域が協力して、学校や公立の図書館、家庭文庫（個人の家に作られた図書室）地域文庫（地域の公共施設に作られた図書室）を活用するとともに、地域に子ども文庫を作る運動を進めるとよい。

子どもと児童図書の好きな有志が協力して、個人の家や集会所などを利用させてもらい、本の持ち寄りや図書館の団体貸し出しなどの本を置いて文庫を作り、子どものためのボランティア活動をするのである。中予地区には約二十の子ども文庫があり、熱心な女性がいて、遊びも取り入れた楽しいミニ図書館として子どもたちに親しまれている。

二年半ほど前から学校での「朝の十分間読書」運動が本格化し、全国で二千校に広がっている。その中で、初めは拒否反応を示していた高校生が「信じられないほど本が好きになった」事例が報告され、全国大会も開かれた。

子どもたちは今、子ども時代を奪われ、生き悩んでいる。読書は、その子どもたちにわくわくするような面白さ、感動を味わわせるとともに、人間の真実を発見させ、心と言葉を育て、生きる力を養うすばらしい文化活動である。私たちは、すべての子どもに読書の喜びを体験させるよう努力したいものである。

提言—2

—愛媛県「シルバーエイジ生活文化の主張」最優秀賞受賞

「現代の民話」の創造と伝承—

『ふるさとの昔話の語り部としての役割』

ふるさと愛媛の生活文化の振興のためには、祖先の遺してくれた文化遺産を継承するとともに、地域に根ざした新しい文化を創造しなければならない。その大切な遺産の一つに民話がある。民話は、ふるさとの風土の中に生きた庶民の夢や願い、よろこびや悲しみが、地域語（方言）によって語り継がれてきた、かけがえのない文化である。その中には、人間の真実、ふるさとの心がこめられている。

そこで、私たち高齢者が「語り部」となって、ふるさとの民話を語り継ぐ役割りを果たすべきではないかと考えるものである。そして、その発展として、明治以降の新しい民話を、「現代の民話」の形で創造し、伝承する活動を各地区でおこすことを提唱したいと思う。

戦後の民話ブームの中で、愛媛県の民話や、各市町村単位の「むかし話」は、非常に多く出版されている。しかし、それがあまり読まれていないし、子どもたちに伝承されていない。民話は本来、読むものではなく、語り聞かされるべきものである。ところが、映像文化を中心とする情報化社会となった現在、私たちは「語り」という大切な文化活動をしなくなり、子どもたちは、聞く耳を失いつつある。このままでは、ふるさとの民話は衰退の一途をたどるばかりである。また、核家族化の進行や、テレビゲーム機の普及などによって、私たちが民話を語る場、時間なども取りにくい現状にある。けれども、だからこそ、家族団らんの場をつくり、テレビを止めて、祖父母が、また、親が子どもたちに郷土の民話を語り、家族のふれあいを深めるゆとりのある時間をつくるべきではないだろうか。なお、学校や地域で老人と子どもとのふれあいの場で、民話を語り聞かせるボランティアもしていきたいものだ。

そのためには、現代の子どもも喜ぶおもしろい民話が必要である。それで、「現代の民話」の創造を考えるわけである。「現代の民話」は、明治から昭和までの「世間話」が中心になってくる。世間話は、①人物に関する話 ②動物に関する話 ③天然現象（天災など）に関する話 ④人災（戦争・事件・事故）に関する話 ⑤怪異談（狐狸に化かされた話、お化けの話など）などに分けられる。これらについての実話、体験談の形で話されるもので、内容は現実の事件に関した特異な話、恐ろしい話、感動した話、笑い話などが多くなると思う。

私は、「ちびまるこちゃん」も、昭和五十年前後の「現代の民話」（笑い話）だと思っている。つまり、庶民の心の真実の物語が民話である。このように考えると、激動の時代を生きてきた高齢者は、だれでも「私の民話」が語れるのではないだろうか。それが典型化され、人々の共感を得る物語となれば、「現代の民話」が生まれるのである。

伊予市に生まれた私も、語り聞かされた話や、体験したことで印象的な話がたくさんある。たとえば、「ロシア人捕虜が彩浜館に来た時の話」「米騒動の話」「鉄道がついた時の話」「沖縄戦に参加した話」「学徒動員と空襲の話」「進駐軍が郡中に上陸した時の話」「オランウータンをわが子として育てた話」など。これらは、事実（歴史的）として伝えられると無味乾燥なものとなりがちであるが、その時の庶民の反応や生活実感をこめて語られると、さらにおもしろく感動的な「現代の民話」となり、子どもも興味を持って聞くと思われる。

このような「少し昔の話」を、地域の歴史文化の会や、老人クラブなどが中心となって、関係者に発表してもらって話し合ったり、聞き書きしたりしていけば、「現代の民話」が発掘され、創造されていくと考えられる。また、公民館活動として、高齢者学級などでグループをつくり、調査研究し、集団創作をすれば有意義な学習活動になり、ふるさとづくりにも役立つのではないかと思う。

なお、自治体や県文化振興財団、図書館、学校などが主催者となって、一般の人や子どもから「ふるさとの現代の民話」を募集すれば、民話に対する関心が高まり、よい作品がたくさん集まるであろう。その中で優れたものを、県や、市、町、村単位で出版し、普及していけば、愛媛の生きた歴史、文化の継承と創造につながるのではないだろうか。

また、それを、家庭、学校、地域で語り聞かせる活動を進めるとともに、市・町・村の文化祭などで、「ふるさとの昔語りコンクール大会」を開くとおもしろいと思う。

社会教育関係者の話では、高齢者は学習活動に対して、自主的、積極的でパワーもあるという。また、新聞の投書欄などでもよく活躍している。その意欲と、豊富な生活体験を生かして、「現代の民話」の創造と伝承に努力すれば、必ず成果があがるものと信じている。そして、それが、ふるさとの風土に根ざした、豊かな生活文化を築き、社会に役立つ道であると考えている。

提言—3

—平和憲法があるから—世界の脅威にならず、日本国民が他国民を殺さない

『平和の大切さ伝える語り部に』1

（愛媛新聞二〇〇四年一月三〇日掲載）

「聖戦」を信じていました。終戦まで学校で軍国主義教育を受け続け、教育もマスコミも軍国主義一色で、自然と軍国少年になっていきました。

学徒勤労動員された呉海軍工廠で「米英の空母、戦艦を撃沈してくれ」と願いながら、潜水艦建造に携わりました。その後入った陸軍予備士官学校では、爆弾を持って戦車に体当たりする訓練をした。少しも怖くなかった。

「戦車と心中できるなら本望だ」と思っていました。

戦争が終わり、民主主義とは何か勉強し、軍国主義の何が悪かったのか考えました。それまで、中国に日本軍がいることに疑問を感じなかった自分自身が悔しかった。戦争ロボットにされていたと思いました。機銃掃射で腕がちぎれ、血まみれになった学徒、空襲で黒焦げになっていた母子……。戦争では多くの死者を目にしました。

戦争放棄や基本的人権、表現の自由が盛り込まれた憲法が、敗戦から立ち直る光に見えました。死者のためにも戦争の真実を語り継ぎ、平和を守らないといけない。自分の頭で考えて表現し、主体的に行動できる人間にならないといけない。小学校の教諭時代、子ど

もたちにも、そうなってほしいと願いながら、子どもたちに接してきました。

紙芝居や戦争を描いた児童文学を活用し、子どもたちに戦争の姿を伝えてきました。私自身の体験を伝える本も書き、体験を語りました。「教え子を再び戦場に送るな」という思いが切実だったのです。

そんな私たちの気持ちとは裏腹に、イラクへの自衛隊派遣が決まり、教え子を戦争に送るようなことになってしまった。戦争体験者が加害経験も含めた戦争の姿を伝えきれなかったからではないか、と痛恨です。

戦争は一切のものを奪ってしまう。野球もしたことがなかった。「出撃までにピアノが弾きたい」「本を読みたい」と願いながら、先輩や仲間が死んでいきました。紙芝居を通して交流をしているベトナムで、現地の人たちに戦争が終わって何が良かったか、と尋ねると、「絵が描ける」「スポーツが出来る」「本が読める」「編み物ができる」という答えが返ってきます。平和だからこそ出来るのです。戦争は未来を断ち切ってしまうのです。

平和憲法で理想を訴えてきたからこそ、戦争はせず、他国への加害者にならずにこられた。今こそ憲法を守ることが大切です。若い世代こそ、憲法や民主主義について考えてほしいのです。

私も「平和の大切さを語り伝える戦争の語り部」として、これからも若い世代に本当の戦争の姿を伝えていきます。

提言―4

―愛媛新聞「四季録」より―

『平和の大切さ伝える語り部に』2

（愛媛新聞一九九一年七月二九日掲載）

〝呉は軍港じゃけえ、三月からたびたび空襲があって、ひどいことやられました。はじめは軍艦がやられ、七月一日には街が焼かれ、それから、また軍艦がめちゃめちゃにやられたんですよ。七月二十八日なんか、千機以上が空いっぱいになってやって来たんじゃけえ、それはすごいもんでした。

戦争に負けた時は、港の中は沈みかけの軍艦がいっぱいで、軍艦の墓場みたいになっとりました。工廠の建物も鉄骨ばかりになって、遠くから見たら、茶色の蚊帳を吊っとるよう見えよりました。その時、うちの娘は、まだ赤ちゃんでしたが、「くーちゅー」という言葉を、一番に覚えてたんですよ。空襲警報が出るたびに、その子を背おうて逃げまわりよりました。そうすると、いつの間にやら「くーちゅー」という言葉を覚えて、サイレンが鳴り出すと、「くーちゅー、くーちゅー」いうて、泣き叫んで、私にしがみついてくるんですよ。よっぽど恐かったんでしょうなー〟

戦後、私は『ペンを奪われた青春―呉海軍工廠学徒動員の記録』（三一新書、昭和四十二年刊）を書くため、呉市へ取材に行った時、ある主婦から聞いた話である。

昭和二十年三月十九日、最初の呉大空襲の時、私は動員学徒として呉にいた。そのころ、軍港には戦艦「大和」をはじめ、艦尾が空母に改装された航空戦艦「伊勢」「日向」、空母は「龍鳳」「葛城」「天城」、巡洋艦は「利根」「大淀」など、数十隻の艦船が、沖縄線に備えて集結していた。

それを狙って、米軍艦載機約三百五十機が松山上空を通り、呉軍港を急襲したのである。私は、機銃掃射をかい潜って、山原の横穴式防空壕に逃れ、その入り口から空と海との戦いを見た。

グラマンの大群は、軍艦を狙って執拗な急降下爆撃を繰り返してくる。艦船は、すべての砲や機銃を、針ねずみの針のように逆立て、凄まじい砲火を浴びせて敵機を迎え撃った。耳をつんざくような轟音、さく裂する弾丸、青空はみるみるこげ茶色の煙に覆われていく。「大和」もついに四十六センチの主砲を撃った。

一機二機と撃墜されるグラマン。直撃弾を受けて炎上する艦船。立ち込める白煙、軍港は凄惨な戦場と化した。真珠湾奇襲の時と逆の光景が展開したのだ。この日撃沈こそ免れたが、「伊勢」「日向」「龍鳳」「大淀」などは、実質的な戦闘能力を喪失した。

なお、六月二十二日の空襲では、松山高女卒挺身隊のうち三人が殉職した。各地の空襲も、「現代の民話」として語り継ぎたいものである。

評論　「紙芝居の新しい風」（抄録）

（愛媛新聞二〇〇五年二月～六月まで）

「二次元の演劇」の魅力 心の交流生む対面実演

日本独自の文化財、紙芝居が、十数年前から新しい発展をみせ始めた。それはベトナム、ラオスでも作られるようになり、「ＫＡＭＩＳＩＢＡＩ」が国際語となって、ヨーロッパ、アメリカにも広がろうとしていることにも表れている。

また、各地で紙芝居を中心とするイベントが盛んになり、それが地域の文化活動、ボランティア活動、総合的学習などと結びつき、その輪が広がりつつあることである。

手作り紙芝居コンクールも各地で実施されるようになり、紙芝居を創造する活動も進展している。物質的に豊かなハイテクの時代に、その反対の文化、紙芝居の良さを再認識しはじめたからではないだろうか。

紙芝居の魅力は、舞台の中の動かない絵が、肉声による実演によって、動くように芝居をするというところにある。

静止している絵だから、じっと見つめる時間が長くなるので、想像力がふくらみ、感動も深まると考えられる。それが子どもの心と身体のリズムに合っており、二歳児からでもよくわかる二次元の演劇となる。また、他のメディアと違い、対面して実演するので、演じる人と見る人、見る人同士の間に温かい心の交流が生まれ、共感、感動を共にすることができるのである。

次に、紙芝居の特徴として「いつでも、どこでも、だれにもできる」という大衆性がある。紙芝居ほど、何の機器も必要とせず手軽にやれる文化財はない。字さえ読めれば、だれにでも実演できるし、山の中でも海岸でも、人さえ集まれば演じることができる。

また、絵が描ければ三歳ごろから作ることができる。

絵本・紙芝居作家まついのりこ氏は「紙芝居は現実の空間に、作家の世界が「出ていき広がる中で」、観客が「共感」によって、「作家の世界」を、自分自身のものにしていく。そのよろこびによって「共感の感性」がはぐくまれていく」と述べている。

これらの特性を生かして、楽しみながら言葉を育て、豊かな人間性と生きる力を養いたいものである。

街頭は今　「黄金バット」は死なず

戦後の街頭紙芝居全盛時代は、昭和二八年ごろまで続いた。当時の紙芝居業者の数、五万人といわれ、毎日千万人に近い子どもが見ていたと推定される。しかし、テレビが普及するにつれて、紙芝居の客である子どもを奪っていった。

それを、街頭紙芝居界の巨星、『黄金バット』の作者、加太こうじ氏（故人）は「紙芝居の死」と書いた。ところが、今も街頭紙芝居の灯は消えず、「黄金バット」は死ななかった。

現在、大阪府に十五人の街頭紙芝居師がいて、五人は昔ながらの街頭紙芝居をやっている。その中の一人、鈴木常勝氏は今も土・日曜日、公園に立ち、割りばしに付けた水あめや、水あめせんべいなどを売る。値段は百円。子どもたちが手伝ってくれ、会話が弾む。そして、紙芝居の絵元「三邑会」から配給される、街頭紙芝居『ゆうれい姫』などの実演をするのである。

活動の場は、学校やデパート、町おこしの

イベント等に広がっている。紙芝居は子どもと大人が対等に出会え、一緒に笑い合える街頭の劇場です。若い人たちも紙芝居の世界に挑戦してほしい。また、全国で唯一、今も活動を続けている絵元「三邑会」の生みの親、故塩崎源一郎氏の自宅の一部は、紙芝居数万点を所蔵する「塩崎おとぎ紙芝居博物館」（大阪市）として公開されている。その他、主に戦後の街頭紙芝居千巻を収録したビデオも出され、その中の『黄金バット』（加太こうじ作）等は、「懐かしの紙芝居」として復刻。CD・ROM化された「街頭紙芝居の世界」も出た。

昭和の子どもたちを大いに楽しませた街頭の大衆文化は、消えることなく新しい形で二十一世紀に引き継がれるだろう。

空襲・原爆の作品　戦争を伝え話し合う材料

三月六日、NHKテレビで「東京大空襲60年の被災地図」が放送された。体験者の語りと絵と、米国側の映像やパイロットの証言で、原爆につぐ10万人の犠牲者を出した無差別爆撃の実態をリアルに伝えていた。

私も学徒動員中の呉海軍工廠と熊本陸軍予備士官学校で大空襲に遭ったことがあるので、身につまされる思いがした。

松山市の三津浜図書館にある「平和学習ブックリスト」には、戦争児童文学を中心として千五十三点の作品（紙芝居二十三巻と漫画も含む）が載せられている。

空襲の紙芝居で、最も悲惨な情景が描かれているのは、街頭紙芝居の複製版『平和への祈り』（懐かしの紙芝居）である。ここには原爆投下の広島の地獄絵図が、街頭紙芝居的手法で生々しく描かれている。千羽鶴を掲げた「原爆の子の像」のモデルとなった『さだ子の願い』（汐文社）も紙芝居になっている。

米国の第一回水爆実験で、第五福竜丸に降り注いだ「死の灰」を海の世界に置き換えた『トビウオのぼうやは、びょうきです』（童心社）は、幼児でも分かる作品である。

『おかあさんのうた』（渡辺享子・脚本、童心社）は、六年前に出版された空襲の紙芝居。直撃の爆弾によって全滅した防空壕で一人生き残った三歳の女の子。母が命懸けで守った子どもをめぐる愛と、平和と命の尊さの物語である。

私はモデルになった女性と、ベトナム紙芝居交流の会で会ったが、その作品を実演し、平和を守る活動を続けているとのことだった。

「原爆漫画」として人気を呼んだ『はだしのゲン』（全4巻）も紙芝居となり、その悲惨さを訴えている。作者の中沢啓治氏は「原爆を主題にした漫画を描くのはしんどいが、子どもらは素直に何が真実かを見極めてくれます」と。

平和憲法の改正が問題になっている現在、戦争体験を語れる人は、わずかになっている。そこで、大人が子どもとともに戦争児童読み物（紙芝居）を読み、戦争の真実を認識し、それを子どもと話し合い、自分の言葉で、次世代に語り継ぐ必要があるのではないだろうか。「いつか来た道」を歩ませないために。

福祉・ボランティア　人とのつながり教える

二十一世紀は人災を克服し、福祉・ボランティアの時代にしなければならない。その願いを込めた福祉紙芝居が出版されている。

福祉社会の中では、健常者だけでなく、お年寄り、身体の不自由な人、赤ちゃんなどが何らかのつながりを持ち、支え合いながら生きている。その身の回りの人々や動物などに温かい思いやりの心を持ち、助け合って共に生きることの大切さを理解し、行動することが福祉の原点である。

それを幼児にも分かるように表現したのが、『だーれのて?』(仙台市社会福祉協議会)人と人のつながりが主題だ。『ともだちきねん日』(同)は、小学生のたけるが、車いすの少女と友達になり、車いすでの生活の大変さを知る。

私も、松山市社会福祉協議会の依頼で『しあわせばあちゃん』(画・大西文代)を作った。この作品は、民生委員のおばあさんが倒れ、認知症になるが、回復する話である。

おばあさんの孫娘と障害のある男の子との交流を描き、「みんなが相手の身になって、仲良く助け合ったら幸せになる」ことを訴えている。

「障害者といっしょに」シリーズ(汐文社)では次のような作品が出版されている。『純子の挑戦』(テーマ・肢体不自由)『ぼくたち友達』(聴覚障害)『ユウレイなんかじゃない』(認知症)『いつかVゴール』(視覚障害)『事件だ!新聞部』(知的障害)『障害をのりこえて』シリーズ(同)では、有名な『どんぐりの家』や『みねちゃんは靴みがきやさん』『スクランブル』などがある。

なお、『バリアフリーの紙芝居』(全六巻、童心社)もあり、子どもたちが、いろいろな視点でバリアフリーを考えられる作品となっている。

最近、ハンディのある子どもが普通学級に入るケースが多くなった。障害者への正しい理解を深め、温かい心を育てるため、紙芝居を活用していただきたい。子どもに実演させることによってボランティアの精神も養ってもらいたい。

福祉に活用　心の交流認知症ケア

現在、全国各地に数多く紙芝居グループがあり、様々なボランティア活動を展開している。

東京都の「老健練馬ゆめの木」は、紙芝居の活用初期は「お笑いもの」が患者のお年寄りに喜ばれたが、次第に「ほのぼの系」「しんみり系」にも関心が集まるようになり、実演していくうちに「(観客)参加型」がウケることが分かった。このタイプの紙芝居は、演じ手が観客に質問したり一斉に答えさせたりして意思疎通を図る。

参加型の作品が『おおきく　おおきく　おおきくなあれ』『ねこのたいそう』(いずれも童心社)『ユウレイなんかじゃない』(汐文社)などだ。劇中に自らが参加することによって気持ちが高まる。その中で、楽しい心の交流がなされ、演じ手とお年寄りの両者相互にケアし合うという関係が生まれるという。

埼玉県の紙芝居ボランティア「あじさいの会」は、失語症患者のリハビリに紙芝居を利用している。まず会員が『とらのおんがえし』(童心社)などの感動的な作品を上演する。その後、患者は四、五人のグループに分かれて、各グループで一作品を練習したあとで、協力して実演する。

失語症の患者は頭の中でイメージできても、言葉や文で表現することは難しい。しかし『ひよこちゃん』(同)など、幼児向けのやさしい文章なら楽しんでリハビリができる。徐々に大きな声で表現できるようになっていくという。

このようにハンディがある方々にも紙芝居の特性を活用することによって、自己表現力と生きる力を育てることができるのである。

県内にもいくつかの紙芝居グループがあり、地域や図書館などで活動している。私は老人ホームで実演させていただいたが、観客の高齢者は紙芝居を懐かしがり、熱心に鑑賞していた。県内の紙芝居グループのメンバーは福祉施設にも出向いて実演するなど、ボランティア活動を一層進めてほしい。

防災意識の啓発
地域の歴史や対応を学ぶ

一九九五年の阪神大震災、昨年の新潟県中越地震、インド洋大津波。その被害の大きさに国民は強い衝撃を受けた。大地震も近い将来、発生が現実視されている。天災の被害を最小限に食い止める対策が今、重要な課題になっている。

紙芝居の世界でも防災を使った作品が多数出版されている。それが『じしんだ! かじだ! そのときどうする?』（全六巻、教育画劇）、『地震火災安全紙芝居』（全七巻、教育画劇）などだ。

そんな中、津波をテーマにした戦前の教育紙芝居の名作『稲村の火』がこのほど復刻出版され、話題を集めている。原作は一九三七（昭和一二）年から当時の小学五年生の国語の教科書（国定）に掲載されていた。一九四二（昭和一七）年に脚色・松永健哉、作画・西正世志（制作・日本教育紙芝居協会）の紙芝居が出版された。そして、今回、復刻版（制作・防災まちづくり学習支援協議会）が発刊された。

物語は安政元年十二月（今から約百五十年前）、紀州有田郡広村の庄屋、濱口儀兵衛が地震発生時、津波の奇襲に気付いた。そこで稲束に火を付けて村人を高地に集め、全員の命を津波から守ったのである。

戦前は、この作品で、郷土を愛する心と「地震の際には津波にも注意を」という意識を育てることに役立った。現代とは社会的背景が違うが、地震と津波の起こる状況を伝え、防災意識啓発の教材として今日にも通用する貴重な資料といえる。

今、小中学校では、総合的な学習の時間で「防災まちづくり」を取り上げているようだ。災害に強いまちづくり、まちを学び、人、命を学び、「生きる力」を育てるのである。

そこで私は、学習の中に紙芝居作りを盛り込むと効果的だと考えている。これまで地域でどんな災害が起こり、町にどんな影響を与えたのか、町の人はどう対応したのか、などを調べてグループで紙芝居を作り、防災学習に活用するといい。そうすれば、災害を身近にとらえ、現実を広く深く認識することができる。さらに自分で絵と文章を書くことで、自己表現力が育ち、生きる力が育ち、生きる力につながると思う。

米国、欧州へ「カミシバイ」国際語に

米国では、「カミシバイ・フォー・キッズ」という会が、一九九一年に発足し、子どもたちに紙芝居を紹介する活動が始まってから、十四年になる。会の設立者は、北海道の米軍基地の小学校教師だったマーガレット・アイゼンシュタット氏だ。

現在、紙芝居は米国では全土の学校や図書館でさまざまな方法で利用されており、迫力のある絵、ドラマチックな語り口、演じ手との温かい交流などが、子どもたちをとりこにした。日本と違い、幼稚園から小中学校、高校まで活用されている。

同会の玉木ダーナ氏は、「たくさんの人た

ちに受け入れられ、広がっていく不思議な力に驚く」と話す。

インディアナ州では、紙芝居「たなばたものがたり」が小学校三年生のクラスで実演され、子どもたちが重要な場面を英語の「俳句」として表現しているという。その句に曲を付け、実演の時に歌うというユニークな活動もしている。

日本側の普及活動も活発化。著名な実演家の右手和子氏、荒木文子氏は、ニューヨークでそれぞれ演じ、「ファンタスティック」との好評を博した。「紙芝居文化の会」（代表・まついのりこ氏）は、オランダ、ドイツ、フランスなどで講演を開催。同会の運営委員で翻訳家の野坂悦子氏は「オランダで参加型紙芝居『おおきく　おおきく　おおきくなあれ』（童心社）を実演した時、呼び掛けに応じて、「おおきく、おおきく、おおきくなあれ」と観客が叫び、盛り上がった」と振り返る。

ドイツのミュンヘン国際児童図書館バーバラ・シャリオット氏は「絵を見せながら、物語を伝える方法に興味をそそられた。子どもたちの本に対する興味を育てるためにも役立つ。その国に合った方法で普及させるのがよい」と述べている。

フランスでは、一九七〇年代から紹介され独自の紙芝居を出した出版社もあるという。

このように「カミシバイ」が国際語となり、世界各地で大きな関心を集め、広がりつつある。日本の文化を理解してもらうとともに、国際交流の一助となっているのは喜ばしいことだ。


「紙芝居新しい風」は2005年2月から愛媛新聞で21回連載され、紙芝居の歴史研究、創作、普及活動までされた宮野さんにしか論じられないものと話題になった。21編から7編を抽出して紹介。

創作——詩

「クチトンネルの戦士」

一九九七年九月二六日
私たちベトナム紙芝居文化交流団十五名は
ホーチミン市からクチに向かった
その車中
紙芝居作家ブイ　ドク　リエンさんが
古いセピア色の写真を見せて
静かに語りはじめた

ジャングルの中の塹壕《ざんごう》から顔を出して
あたりをうかがう　若いゲリラ兵
一九六六年
ベトナム戦争が最も激しかったころ
二十四歳だったリエンさんの姿だ

ブイ　ドク　リエンさん

北ベトナム出身の彼は
ベトナム解放軍の戦士として
ホーチーミンルートを三ヶ月かかって
クチトンネルにたどりついた
そして
南ベトナム民族解放戦線の仲間と共に
十一年間　戦い続けた

一九七五年四月三十日
サイゴン陥落の日の夕刻　首都に入った
この日のことは
「涙を流しつづけた」とだけ
言葉少なく語ったのだが──

クチでのゲリラ戦の中で
十四歳の魅力的な少女と出会い

クチトンネルの中のリエンさん（左）

（1966年戦争が最も激しかった頃）

愛しあうようになった
しかし　結婚できたのは　十年後
ベトナムが解放された後のことだった

クチトンネルに着いた
リエンさんは
ジャングルの木の葉の下にある
だれにも分からない小さな入口を見つけ
手品師のように
中にもぐりこんでみせた

トンネルの観光用の入口から
彼はぼくの手を引いて
中を案内してくれた
垂直な通路もある
せまい迷路のような地下道
むっとするにおいと

湿気と熱気がおそってくる

正面には解放戦線の旗
「独立と自由ほど尊いものはない」
というホーチーミンの言葉
部屋の隅には落とし穴が掘られ
中にはヤリが突きでている作戦会議室

ハンモックに木製ベット
机とタイプライターがあるだけの司令官室
かまどの奥に穴が掘られ
離れた場所に煙が出るようになった台所
病院まであったそうだ

延々二百キロメートルも続くトンネルには
ベトナム人民の
不屈の闘志がこもっていた

外に出ると
泥だらけの手で彼の手をにぎりしめた
ふいに
ぼくの目から涙があふれでた
同行のベトナム人女性が
そっとハンカチをつきだしてくれた

ジャングルの中の広場には
色あせたポンコツの米軍戦車が
亜熱帯の太陽の光にさらされていた

創作

ふるさと童話―おじいさんの語る戦争と平和―

『きのうの敵は今日の友』

（二〇〇五年一月二二日愛媛新聞掲載）

今年は、アジア・太平洋戦争《たいへいようせんそう》が終わって六十年ということになる。

ぼくが六歳の時、満州事変《まんしゅうじへん》で中国との戦争が始められ、その後十五年間戦争が続いた。ぼくの学生時代はすべて戦争中という「戦争の子」だった。忠君愛国《ちゅうくんあいこく》の精神に燃え、十九歳で志願して学徒兵《がくとへい》となり戦った。そして、今年八十歳のおじいさんになったぼくの話を聞いてもらいたい。

＊　＊

伊予市、伊予《いよ》岡八幡神社《おかはちまんじんじゃ》に「日露戦争《にちろせんそう》の絵馬《えま》」がある。すさまじい戦闘《せんとう》の最中に、負傷したロシア兵の手当てをする、やさしい日本兵が描かれている。百年も昔の戦争の絵馬は、額に入れられた「戦争の化石」みたいだ。

でも、ぼくのおじいさんは、松山二十二連隊の兵士として、第三軍乃木大将《のぎたいしょう》の指揮のもと旅順攻撃《りょじゅんこうげき》に参加した。

「ロシア兵はのう、がんじょうなトーチカにたてこもって、日本軍にはない機関銃で撃ちまくるんじゃ。わが軍は進軍ラッパを鳴らし、勇敢に突撃するんじゃが、バタバタとやられて、死体の山、血の川ができた。じいちゃんも腰を撃たれたが、命だけは助かった」

え・大野美保

父からも、日本海海戦《にほんかいかいせん》でバルチック艦隊《かんたい》を全滅させた話などの戦争美談《せんそうびだん》をしてもらった。父が小学生だったころ、六千人ものロシア兵捕虜《ほりょ》が松山市に送られてきた。松山市民は温かくむかえ親切にもてなした。捕虜たちは、道後温泉《どうごおんせん》に入ったり、すもうや砥部焼《とべやき》を見学したり、人力車に乗ったりして、観光客のように楽しむ自由があたえられた。

郡中町《ぐんちゅうまち》（伊予市）にも、二十六名の捕虜が坊ちゃん列車でやってきた。町民は五色浜《ごしきはま》で弓道大会を開き、彩浜館《さいひんかん》でごちそうするなどしてもてなした。父は大勢の友だちとともに捕虜を見に行き、「ロスケ！青鬼！」などと言ってからかうと、追っかけるまねをするので笑い声をあげながら逃げた。

その時に来たタゲーエフは手記の中で

「かわいい笑顔の日本の子どもたちを見て、この子らの父親の中に、血なまぐさい戦場で戦死した者もあるだろうと思うと、戦争の悲惨さに胸が痛む」と書いている。

昭和十二年、日中戦争、昭和十六年、太平洋戦争に突入した。国民もぼくも、悪い国と戦う「東洋平和のための正義の戦争」―聖戦だと信じた。そして早く軍人となり、祖国と天皇のため命をすてる覚悟だった。

昭和十九年八月、夏休みもなくなり、学徒動員《がくとどういん》で呉海軍工廠《くれかいぐんこうしょう》の工員として、空腹をかかえながら造船部で働いた。

昭和二十年三月十九日朝、約三百機のグラマンが空をおおって来襲してきた。軍港には、戦艦大和《せんかんやまと》をはじめ多くの艦船《かんせん》が集結《しゅうけつ》していた。一しゅんにして、日本軍の真珠湾攻撃《しんじゅわんこうげき》の逆の光景が展開した。ダーン、ダーン、ダーン、ダダダダダダ……戦艦への急降下爆撃《きゅうこうかばくげき》をくりかえすグラマンの群れ。主砲《しゅほう》、高角砲《こうかくほう》、機関砲《きかんほう》で応戦《おうせん》する軍艦。火炎《かえん》をふきあげて燃える戦艦、空母《くうぼ》。逃げまどう工員、学徒。

ぼくも防空壕《ぼうくうごう》にのがれようとして走っている時、機銃掃射《きじゅうそうしゃ》を受け、あやうく死ぬところだった。動員学徒《どういんがくと》にも多数の死傷者《ししょうしゃ》が出た。

昭和二十年五月、在学中に受験した熊本陸軍予備士官《よびしかん》学校に合格し、あこがれの軍人となった。七月一日、真夜中、B29爆撃機《ばくげきき》約六十機の大空襲《だいくうしゅう》を受けた。ザーッという雨の降るような音とともに、あられのように焼夷弾《しょういだん》が落下、城下町《じょうかまち》は見る見る炎に包まれた。

翌朝、救援活動のため市内に出動し、警防団《けいぼうだん》と協力して、火災が広がるのをくい止める作業をした。広場には、焼け出された人たちが、着のみ着のままでうずくまっていた。まるで難民《なんみん》のようだった。

焼けあとには、真黒に焼けただれて死んでいるたくさんの市民を見た。

八月になると、「ふとん爆弾《ばくだん》」をせおって戦車の前にとびこむ「自爆《じばく》テロ」のような訓練まででした。そして終戦《しゅうせん》をむかえ復学した。

＊　＊

平成四年九月十四日、「日露戦争《にちろせんそう》の絵馬《えま》」が縁となって、ロシアのノボシビルスク市の少年野球が、伊予市の招待でやって来ることになった。一行は、まず、松山市のロシア人墓地を訪れた。長年墓地《ぼち》のそうじをしている、勝山《かつやま》中学生徒会、清水第一老友クラブの約二十名が出迎えた。セルゲイ監督《かんとく》が、

「戦争で戦った敵国人《てきこくじん》の墓をそうじし、花をたむけてくれる市民の皆さんに、心からお礼を申し上げたい」とあいさつした。

献花《けんか》の後ロシアの少年たちと、日本の少年少女たちが、少し恥ずかしそうに挨拶した。

それを、九十八の墓標《ぼひょう》が静かに見守っていた。

続いて、伊予市の小、中学校を訪問した。

「ズドラースト、ヴィチェ」（こんにちは）

どの学校でも、日の丸とロシアの国旗の小旗をふり、片ことのロシア語で熱烈歓迎《ねつれつかんげい》をした。それぞれの学校で、ロシア民謡を歌ったり、ジャンケンジェンカでおどったり、紙飛行機を作って飛ばしたり、かけっこをしたりして交流した。郡中《ぐんちゅう》小学校では、給食で手巻きずしを作って食べたり、ふんどしをしめて、へんてこなすもうをとったりして楽しんだ。

伊予岡八幡神社《いよおかはちまんじんじゃ》では、両国の子どもがハッピ姿で、いっしょに御輿《みこし》を担いだ。

翌日の午後、ロシア兵捕虜を招待した五色浜のグラウンドで、日露親善《にちろしんぜん》野球が開かれた。ふぞろいのユニホーム・野球帽をかぶった、三年生から十年生までのロシアチーム。ロシアは野球のなかった国なので弱いから、両チームを紅白に分けてプレイボール。よく打ち、よく走り、よく守る日本のリトルリーグの少年たち。小学校女子のソフトボールのようにぎこちない、ロシアチームの少年たち。

好プレー、珍プレーにわきあがる歓声《かんせい》、拍手、笑い声。とくにロシアチームの打者には、大声援を送り、ヒットの時には拍手が鳴りやまなかった。両国の子どもたちは、名前をよびあい、手ぶり身ぶりで教えあい、励ましあい喜びあって、熱戦をくりひろげた。国境もなく、肌の色のちがいもなく、昔の敵国《てきこく》の少年たちはスポーツで戦い、燃えた。これが、本当の平和だと思った。ぼくの少年時代は、戦争のため野球もできず、プロ野球も無くなった。

ぼくの頭には、「水師営《すいしえい》の会見《かいけん》」の歌の第四節がうかんできた。

昨日の敵《てき》は　今日の友
語ることばも　うちとけて
我はたたえつ　かの防備《ぼうび》
かれは称えつ　わが武勇《ぶゆう》

試合後の日本チーム主将《しゅしょう》のあいさつが、けっさくだった。「ロシアの皆さんと野球をして仲よくなり、ほんとうにうれしかった。今度はオリンピックで会いましょう」見物の市民は、腹をかかえて大笑いした。

夕方、五色浜で「いもたき」の送別会。最後の乾杯のあと、全員が手をつないで「カチューシャ」を歌った。

りんごの花ほころび
川面《かわも》に霞たち
君なき里にも
春はしのびよりぬ

日本語とロシア語のまじった歌声は、次第に涙声となり、夕焼けの海に消えていった。

創作 紙芝居

どうしていじめるの

脚本　宮野英也
画　大野美保

①

沢田先生「さあ、みんな、きょうから四年生。なかよく楽しい明るい三組にしましょうね。」

　四月の始業式のあと、担任になった沢田和子先生は、やさしい笑顔でいった。

　つぎは学級委員の選挙。

　トップ当選は、勉強もスポーツもよくできる、おじょうさんタイプの山本あおい。ところが男子は、なんとぼく、田中友希が二位で当選したのだ。

元太「わーい。パンダが当選したぞ。」

　クラス一番のめだちたがりやの大山元太が叫んだ。どっとわらい声と拍手がおこった。ぼくは、勉強も運動も苦手で、「のろまなパンダ」とからかわれてきた。顔に大きなアザがあるからだ。

　― ぬく ―

②

元太「学級委員は強くないとつとまらんぞ。プロレスごっこだ。さあ、こい。」

　元太は勉強はあまりできないが、スポーツは抜群だ。ぼくにとびかかってくると、つぎつぎにわざをかけてくる。ていこうしたが、とてもかなわない。

友希「痛い。やめてくれ。」

　でも、なかなかやめなかった。

　― 間 ―

　つぎの日の昼休みには、さか上がりを教えてやるといって、させられた。

　ぼくは、何十回してもできない。

元太「お前は何をしてもどんくさいのう。運動オンチ、そうじゃ、ウンチ、ウンチじゃ。」

友達「ワァーッ、ウンチか。ウンチはくさい・・」

　友達もわらって、はやしたてた。

　― ぬく ―

③

元太「いいシャーペンが手に入ったからやるよ。」

友希「いらんよ。何本も持っとるから。」

元太「えんりょするな。友達だろう。」

　元太は、ポケットにシャーペンをおしこんだ。数日たってから言った。

元太「急にお金がいる。千円で買ってくれよ。」

　高すぎる。ペンを返したいと思ったが言えなかった。仕方なく千円はらった。

　― 間 ―

　三日後、ぼくの机の中にふうとうが入れられていた。中に百円玉が五個と「パンダのサポーター」と書いたメモがあった。

　― ゆっくりゆっくりぬきながら ―

沢田先生「元太君、友希君にシャーペンを売ったたって本当？　お金のやりとりはいけません。」ぼくたちは職員室によばれて、ひどくしかられた。

④

教室にもどると、みんなはぴたっと会話をやめ、知らない顔をした。
　後からかえった元太はぼくにつめよった。
元太「お前、チクったな。おぼえとけよ。」
友達「ウンチ、ひきょうだぞ。」
友達「そうだ、そうだ」
　数名の友達がつぎつぎに言った。
友希「ぼくはチクったりしていない。だれにも言ってないよ。」
元太「じゃあ、だれがチクったんだよ。」
　— 間 —
友希「それは・・・・・」
　— ゆっくりぬく —

⑤

それから、だれもぼくに話しかけてこなくなった。親しかった友達も、近づいてこない。でも、先生の前では、みんなふだんとかわらない態度をとる。

　机やノートには「チクリマン、バイキン、ウンチ、学校へ来るな」などと書いた、ラクガキがおどるようになった。

　時々、上ぐつや教科書がかくされた。

　— 間 —

　夜もねむれなくなり、朝は頭痛で起きられない日が多くなった。

母「友希、どうしたの、体がわるいの?」

　お母さんに言われても、いじめられていることは言えない。心配をかけてはいけないからだ。学校へ行かなければと思っても、体と足がいやがって、動かなくなる。時々、ウソをついて学校を休んだ。夏休みになったのでほっとした。

　— ゆっくりぬく —

⑥

九月一日始業式。いやいや登校した。
沢田先生「今日は、新しい友達が増えましたよ。自己紹介をしてもらいましょうね。」
　先生はいたずらっぽい笑顔で見回した。
ブー「ぼくは、ゴックティ・ブーです。東京の小学校からきた。どうかよろしく。」
友達「エーッ。日本人じゃないのか。」
沢田先生「ブー君はベトナム人です。お父さんは、この市にある大学院の留学生よ。」
　すぐに親しみをこめて、「ブタのブーちゃん」というあだ名がついた。昼休みになるとベトナムのことを質問した。
ブー「ベトナムの小学校は五年生まで。夏休みは二か月。お昼ねの時間もある。でもテストができなかったら上の学年にあがれない。だからみんなよく勉強する。」
みんな「エーッ。すっげえなあ。」
みんな口々におどろきの声をあげた。
　— ぬく —

⑦

ある日の休けい時間、ブーの妹が泣きながら、ぼくたちの教室にかけこんできた。

妹のニャンは二年生だ。ブーは妹の話を聞くと、手を引いてかけだした。

ブーは妹の教室にとびこみ、受け持ちの先生にこう言った。

ブー「ぼくの妹が、『ブタの妹』『ネコの子ニャンコ』といっていじめられました。だれですか。しかってください。」

その子は、あおいの妹、真里だった。

―ゆっくりぬく―

⑧

つぎの日。ブーは女子にとりかこまれ、あおいの親友の木村美由がさけんだ。

美由「ブタ。なんであんたが、あおいちゃんの妹をチクらんといけんの？」

友達「そうよ、そうよ。真里ちゃんがかわいそうじゃん。」

女子みんな「ねえ。あおいちゃんにあやまりなさいよ。」

ブー「ぼく、ぼくどこがわるい？　ベトナムではだれでもこうするよ。」

美由「ここはベトナムじゃない。ベトブタは帰れ。」

ぼくは、人ごととは思えなくなった。

友希「やめろよ。いじめるのは―。」

女子「なによ、チクリマン。えらそうに。」

「ウンチはだまってなさい。」

ほこさきが、ぼくにむかってきた。

―間―　しずかにぬく―

⑨

（ああ・・これで女子にもきらわれてしまった。でも、先生にも、お母さん、お父さんにも言えないよなあ。）

ある日曜日、おかあさんの実家に遊びにいくと、じいちゃんが言った。

おじいさん「どうした？　さえん顔して。」

思いきって、心の中をうちあけた。

おじいさん「そうか。いじめほどつらいことはないけんのう。見えないトゲで心をつきさされ、自殺する子さえ出る。そのトゲは自分一人じゃあぬけん。がまんせず、分かってくれる人に相談することが第一じゃ。それから、いっしょに、いじめをのりこえる道を考えるんじゃなあ。」

じいちゃんは、これからどうすればよいか色々話してくれた。ぼくは心がかるくなり、勇気がわいてきた。

―ぬく―

⑩

休みの日、児童公園にブーをさそった。

友希「ねえ、ブー君。女子にいじめられて大変だろう。」

ブー「いいや、気にしない。でも、ぼくがいじめられるわけが分からない。」

友希「ベトナムには、いじめはないの?」

ブー「けんかはあるけど、日本みたいないじめはない。だれとでもすぐ友達になって、いっしょに遊ぶ。こまったことは、すぐ先生やお母さんに話す。言われたことは、よく聞く。だから、みんな仲よしだよ。」

友希「ふーん。うらやましいなあ。なんで、ぼくらはいじめられるんだろう。四年三組は、いいクラスなのに、どうして仲よくできないんだろう。そうだ、そのことについて、学級会でとりあげ、話し合おうよ。」

― ぬく ―

⑪

「きょうの議題は、『どうしていじめるの』です。提案者のブー君と友希君から説明してもらいましょう。」

あおいが議長になり学級会が始まった。

ブー「ぼく、妹がいじめられたので、やめさせてと先生にたのんだ。どこがわるいの。日本人、どうしていじめるの?」

友希「はじめて学級委員になったら、なぜかいじめられるようになりました。ぼくもその理由が分かりません。どうしていじめるのか、意見を言ってください。」

― 間 ―

沢田先生「いいにくいことを勇気をだして言ってくれましたね。ここで、先生がいじめの詩を読みます。よく聞いて、なんでいじめるのかを自分の問題として考え、いじめをなくすにはどうしたらいいかを話し合いましょう。」

― ゆっくりぬく ―

⑫

沢田先生

桜井信夫作

よせよ
ぶっくりのでぶだって
ほっそりのやせだって
ちびだって、のっぽだって
いいじゃないか

はなぺちゃだって　いろぐろだって
あせっかきだって　うたはおんちだって
かけっこがびりだって
いいじゃないか

とりかえのきかないからだに
ことばのナイフをつきさし
みえない　ちをながすのは
あそびじゃない
からかうのは　よせよ
いじめるのは　よせよ

（おわり）

おわりに――宮野さんの最後のメッセージ

今年（２０１７年）３月初めに、「ぼくは、もう長くはない。どうしても話しておきたいことがあるので、お会いしたい」と電話があり、３月24日に入院先を訪ねると、宮野さんはすでにホスピスに移られていた。点滴で生をつないでいた宮野さんは、「子どもの文化」や「愛媛新聞」に今まで書いた「戦争と平和」、「紙芝居」や「ベトナムとの交流」の原稿類を傍に置いてゆっくり話し始めた。

ぼくの子ども時代から青春時代にかけては、日中戦争や太平洋戦争でした。戦争の時代を生きてきたのです。少し上の世代は軍人になって、半分くらいの人が亡くなっている。ぼくが生き残れたのは、たまたまなんです。ぼくは愛媛師範学校在学中に呉海軍工廠《こうしょう》に学徒動員され、空母や潜水艦の建造に従事し、終戦を迎えたのですが、いやと言うほど体験した悲惨で残酷な戦争の地獄絵図を見たのです。

戦後は、なぜ国民が国のために命を捨ててもいいという心理になったのかを考え続け、教育や文化の力が大きかったと思った。幸いにも教職に就いたので、子どもたちに思考力を育てていけるような教育をしようと誓い、紙芝居や児童文学を積極的に取り入れてきたのです。

今ね、ぼくたちが体験したあの戦前のような時代の風を感じるんだね。だから、今の若者たちに自分の目で現実をしっかり見て、自分の頭で考えて、自分の足で行動してほしいんだ。

そういう人間になってもらいたいんです。

何でもやって見てやろうというのが、ぼくの主義。戦争体験者に話を聞くというのも、これから先はあまりできないから、『自分で戦争文学を読んで、真実をつかみ、語り手になりなさい』と言いたいんです。体験がなくても、おじいちゃんから聞いてこうなんだよと、ぼくらに代わって、声に出して語り継いでもらいたい。再び戦争が起こる時代が、今、形になりつつある。戦争へと向かう風が強くなれば、みんながそよぎだす。これは、怖いことです。

宮野さんは、ここまで一気に語って、おもむろに「ビールが飲みたい」と言う。病院に無理を言ったら、吸い飲みにゼリー状のビールを用意してくれた。私にも小さな缶に残ったビールが渡されたので、期せずして乾杯になった。宮野さんは「うまい」と言って、二口、三口吸った。ビール党の宮野さんの面目躍如。そして、ベトナムの話になり、最後は紙芝居先生として知られた宮野さんらしく、「紙芝居は、子どもに見せるだけでなく、作らせました。これがいい。子どもは話を考えるのに精いっぱいだから、教科書の名作を中心に紙芝居づくりを始めたのです。みんな喜んでやりました。ただその頃の紙芝居は残ってないんです」と遠き日を思い出すように話される。文学教育の実践者として、『幼年期の文学教育』(明治図書出版)も出版されている。約30分近くの対話だった。

平和を希求し続けた宮野さんの想いを本という形で遺すことと、この想いを受け継いで、歩んでいくことを約束してお別れしたのが、永遠の別れとなった。

(鈴木孝子)

[著者紹介]

宮野英也（みやの　ひでや）

1925年11月　愛媛県伊予市に生まれる
1940年（S15年）愛媛師範学校入学
1944年（S19年）8月より8か月間学徒勤労動員で呉海軍工廠へ
1945年（S20年）5月熊本陸軍予備士官学校に入学　8月本土決戦にそなえ訓練中に敗戦　9月軍隊の解隊で本科2年半の在学で卒業する。その後、恩師小川太郎先生に誘われ、付属小に入り、新しい教育の出発を共に行った。以後、定年まで伊予市、伊予郡内の小学校に勤務
1988年　愛媛子どもの文化研究会を設立し代表になり、紙芝居等の活動を旺盛に展開する
1994年　ベトナムの紙芝居を支援する会会員として初めてベトナムへ渡る。その後ベトナムとの友好交流を深め、2001年には松山で日本、ベトナム紙芝居交流の会を行う
2015年　病をおしてリエンさん夫婦を招いてベトナムとの交流会を行う
2017年　4月30日死去

主な著書
『ペンを奪われた青春』（三一書房）、『幼年期の文学教育』（明治図書）、『低学年の文学教育を深める』（日本標準）。　共著に『十さいの赤ちゃん』（ポプラ社）、『空と海を血に染めて』（童心社）、『愛媛県の民話』（偕成社）、『えほん風土記えひめけん』（岩崎書店）、『愛媛の童話』（リブリオ出版）。
紙芝居に『江戸から東京へ』（教育紙芝居研究会）、『びりじゃないの』（童心社）、『どうしていじめるの』（自費出版）他

装丁　椙澤清次郎（アド・ハウス）
表紙デザイン装画・本文カット　やべみつのり（画家・紙芝居作家）

あしたへ伝えたいこと　1 ぼくの戦争と紙芝居人生

2017年10月16日　初版発行

著　者　宮野英也
編　集　一般財団法人文民教育協会　子どもの文化研究所
発　行
発　売
〒171-0031　東京都豊島区目白3-2-9
Tel:03-3951-0151　Fax:03-3951-0152
メールアドレス：info@kodomonobunnka.or.jp

発行人　片岡　輝
印　刷　株式会社　光陽メディア

ISBN978-4-906074-01-3